薛晓路
焦华静 | 著

北京遇上西雅图之
BOOK OF LOVE

/ 不二情书

中国出版集团
现代出版社

图书在版编目（CIP）数据

北京遇上西雅图之不二情书 / 薛晓路，焦华静著
. — 北京：现代出版社，2016.5
ISBN 978-7-5143-3272-8

Ⅰ.①北⋯　Ⅱ.①薛⋯②焦⋯　Ⅲ.①长篇小说—中
国—当代　Ⅳ.①I247.5

中国版本图书馆 CIP 数据核字（2016）第 074502 号

北京遇上西雅图之不二情书

作　　者	薛晓路　焦华静　著
责任编辑	崔晓燕
出版发行	现代出版社
通讯地址	北京市安定门外安华里 504 号
邮政编码	100011
电　　话	010-64267325　64245264（传真）
网　　址	www.1980xd.com
电子邮箱	xiandai@vip.sina.com
印　　刷	三河市宏盛印务有限公司
开　　本	710mm×1000mm　1/16
印　　张	15.75
版　　次	2016 年月 5 第 1 版　2016 年 5 月第 1 次印刷
书　　号	ISBN 978-7-5143-3272-8
定　　价	33.00元

根据薛晓路、焦华静编剧的同名电影改编

执手予你，你在人海
走多远，在身边
千百次的错过，终换来一见钟情

目 录

Contents——1

目 录

Contents——2/3

目 录
Contents—4

Chapter 1

【我热爱奇迹，所以我迷恋这里】

因为一个人，爱恨一座城。

人生总是：定性，知事，造梦，遇人，择城，终老。

"十五岁，就随我爸移居到了澳门，从此赌场成了我的家……"

姣爷跟着老爸把家安到了澳门，从此匆匆行走在澳门的每一个日子里，爱恨交织。

澳门，有着最高级豪华的酒店、纸醉金迷的赌场，又有着古朴情浓的历史韵味、市井文化。一面灯红酒绿，歌舞升平；一面低调凝重，满是苍痕。澳门就是这么充满矛盾地存在着，时光悠悠，风情万种。

十年前姣爷刚到澳门的时候，这儿还是一片野海，荒凉陌生，却又散发出一丝致命的吸引力，一半海水一半火焰，总叫人心驰神往。

如今十年过去了，澳门已经变成了世界自由港，与美国拉斯维加斯、摩纳哥的蒙特卡罗并称为世界三大赌城。据说现在一年的收入是拉斯维加斯的 6 倍，这块弹丸之地一跃成为名副其实的世界第一大赌城。要知道拉斯维加斯赌场近一半的收入来自赌场的餐饮、表演、酒店等非博彩活动，而澳门赌场 90% 的收入都来自赌客。澳门赌客的平均下注额全球最高，几乎是拉斯维加斯赌客的 10 倍。这个数字足够让人咋舌。

澳门之所以传奇，在于它是中国唯一可以合法赌博的地方，自从 2002 年赌王何鸿燊在博彩业的垄断地位宣告终结后，多家境外赌场注资涌入，博彩业的收入呈爆炸性增长，光赌博这一项的税收就占澳门财政收入的七成。2006 年，澳门博彩业的收入就已超出拉斯维加斯，各路巨头早已看中澳门这块诱惑之都。美国赌业大亨韦恩投资 12 亿美元兴建永利澳门娱乐场，开业盛况堪称澳门之最；拉斯维加斯赌王萧登·安德森投资 2.65 亿美元在澳门复制了一座"金沙娱乐场"，开业仅 7 个月就收回投资，年投资回报率高达 100%。"金沙效应"这个词吸引了多少投资大佬的眼光……

昼伏夜出，晨昏颠倒，每个日夜都有奇迹在这里上演。要说奇迹，这座城市就是最大的奇迹。

姣爷有句名言："我热爱奇迹，所以我迷恋这里。"

迷恋归迷恋，要想在这里出人头地，也不是那么容易的事。

一夜暴富的故事络绎不绝，而倾家荡产的例子也比比皆是。

赌王何鸿燊当年和叶汉一起买下澳门赌牌，创立葡京的时候，何鸿燊看到来赌的人多半都是输的，很是担心，便问叶汉：如果哪一天他们把钱都输光了，没钱赌了，我们怎么办？

叶汉从容地答道：这个世界每天都有那么多人死去，也不见得地球的人少到哪里去。

一批人倒下，总还有贪心的人再来。每天澳门拱北口岸开闸的时候，多少人挤破脑袋地冲进来。谁的脑袋里会想着倾家荡产、家破人亡？只会想到飞黄腾达、日进斗金。

时间定格在那年初夏，当少年姣爷跟着老爸从拱北口岸挤破脑袋般地冲进来时，再陌生的空气也没能阻挡他们磕磕绊绊的脚步。

匆匆踏上这片土地，月光如此美好地挂在肩头，那么近又那么远，这是澳门的月光啊，终究透着不一样的光。

姣爷那时还不叫姣爷，叫阿姣，青葱欲滴，满脸憧憬。当时的老爸意气风发，生意做得一丝不苟，攒够了移居的钱，就带着阿姣空降了这里，那感觉就好似重新投胎一般。

从此可以在这样的月光下走路，从此那颗充满欲望的小心脏就和澳门画上了等号，成了她心中永远的一处羁绊。

"不知是澳门看着我们长大，还是我们陪着澳门变老。"时间就那么一晃。那个初来连一句粤语都不会讲、青春还在发芽的姑娘，转眼已能用流利的粤语骂人了。这算是有点出息了吗？

姣爷就这么躺在床上胡思乱想着，夜色悄然来袭。不知不觉，她整个人被黑色笼住。那团黑越来越重，压得她有点喘不过气……

她索性找出了一身黑色皮衣裤骑着摩托车冲到街上，隐匿在澳门最旧的一条街巷中。

不知从什么时候她开始喜欢黑夜。只有这样的夜才能给她安全感。每天在赌场打打杀杀，昏天黑地，纸醉金迷，唯有静夜才能让她沉静下来，做回自己。

隐匿在夜色中，她扮起了《复仇者联盟》里的斯嘉丽，那副从头到脚充满现代未来感的打扮令她信心十足。

这个计划她酝酿已久，连砍刀她都准备好了。

那帮黑社会人渣再不出面清理，她还怎么在澳门混下去？今夜必须决一死战，没有退路。

一群黑影从夜色中突围过来。个个骑着摩托车，人数比她想象中的还要多，简直是一场 GP 大赛。

姣爷深吸一口气，把砍刀提到胸前给自己鼓劲。

只见那群黑影中，冒出一个领头者挥手示意，那群黑影伴着摩托车轰隆隆的引擎声撒开花地冲上前去，一副不要命的样子。

姣爷丝毫不惧怕，大喝一声，提刀迎上去。只见她跨在摩托车上双手离把，出手不凡，动作漂亮帅气，刀刀命中，干净利落。几个回合下来，那群黑社会人渣已被她打得连连败退，摩托车连连倒地，如灰尘般消散。

领头者又大手一挥，那几个小喽啰已变得畏畏缩缩，不敢上前。姣爷一鼓作气，几个回合的打斗要多炫有多炫。她过关斩将，切入人群，一个箭步从摩托车上跳下来冲到领头者身前，一刀抵在他脖颈处，大喝道："还钱！"

领头者看着姣爷，露出不屑的眼神，冲她用粤语喝道："开门！开门！开门！"

"开门？我让你还钱，你说开门，神经病吧！"姣爷将刀死死抵在他脖颈处，再加力，口气也再升一级："少废话，还钱！"

这次她也用了粤语。

那个黑社会头领好似并不买账，仍是那副不屑的表情，口气也学她又升了一级："开门！开门！开门！"

紧接着就传来"当当，当当"的砸门声。

姣爷一蒙，这是什么情况？

还未等她反应过来，那头领的声音忽然变成了女声："开门！开门！开门！"

姣爷又是一惊，他居然能用女人的声音说话。接着"当当，当当"的砸门声四面八方地冲她砸过来……

那头领顺势将她一推，"啊"，她惨叫一声。

随着一声惨叫，她即刻清醒了。

原来是一场梦。姣爷心有余悸地坐起来，披头散发地抚了抚脑袋。这个梦做得如此惊心动魄，简直跟《骇客帝国》有一拼了。她骇笑一声，脸上没卸干净的妆已花得乱七八糟、惨不忍睹。

"当当，当当"的砸门声又砸过来。姣爷烦躁地冲门外大骂："吵什么吵，丢你老母啊！"

这话骂出去，后果可想而知。

就这样，姣爷从澳门旧街那个不能再简陋的小屋里，被赶了出来。紧接着一堆东西从楼上顺着楼梯也被扔下来，被子、衣服、鞋、盆……姣爷的那一堆细软将狭窄的楼道堵了个水泄不通。再配上周遭昏黄的光线，那场面颇有些狼狈。

姣爷背了个小包，一边用手抵挡着楼梯上飞下来的东西，一边逃荒似的跑下楼。口中还要不依不饶地还嘴："你个扑街！我欠你两个月租之嘛，老娘一手就赢返来。到时我连你间屋都买起，然后一把火就烧鬼嗮佢！"

粤语骂人她早已不甘人后，流利得很。

那房东气得冲她狰狞道："哇你咁口臭！小心你生仔没屎忽！"

姣爷使劲地冲她吐唾沫："呸呸呸！你唔好丢啦！"

又一批衣服、玩具等杂物从窗口扔了下来。姣爷看着一地的东西运气，一边跟房东示威。

"把东西都拿走！什么垃圾！"房东大吼一声。

姣爷狠狠剜了她一眼，回道："全都留给你陪葬吧！"

房东的声音又高了一个八度："丢你老母！"

姣爷一副满不在乎的样子跨过那些东西，目光一扫，没一样值钱的，不要也罢。拿出钥匙打开一辆小电动摩托车，心里嘟囔这个破地方再不能久留。

楼上继续有东西扔下来，噼里啪啦，好不热闹。

接着，一条金黄色长长的毛绒蟒蛇围巾也被扔了下来。姣爷眼睛一晃，这可是她的心爱之物，这个绝不能丢。她骑上摩托车，一个帅气的猴子捞月将毛绒蟒蛇围巾抓起搭在脖子上。一个转弯，摩托车呼啸着绝尘而去。

让这间倒霉的小破屋见鬼去吧！

姣爷骑着那辆和梦境中决然不同的简陋的小摩托，那条金黄色的毛绒蟒蛇围巾绕在脖子上，随风飘扬。那没心没肺的样子谁见了都以为她在兜风呢，哪儿像是刚被房东扫地出门。人前风光——这是老爸教她的，而人后凄凉呢？老爸不说后半句，他向来喜欢点到为止。姣爷知道那是无语。

脑袋仍一舒一胀地疼。海风凉凉地吹来，她才真正清醒过来，她这是彻底无家可归了吗？

痛定思痛，这样的生活她真的过够了！这就是她想要的澳门岁月吗？那不一样的月光呢？为何对她没有一丝眷顾？

看着街边华灯初上，灯红酒绿，人人面上神采飞扬，只有她披头散发地像鬼一样地穿插其中，别提多落魄。

快速穿越澳门西湾大桥，河的对岸灯火辉煌，霓虹闪烁，那就是世界上最大的赌场，那就是一年收入超过拉斯维加斯 6 倍的那个赌场——那个不夜城对她有着致命的诱惑力。隔着一片海，她仍能清晰地听到里面的把酒言欢、歌舞升平。内心的欲望的小宇宙一下子爆出来。

想当年我 21 把连庄，靠的是什么？不是运气，而是信念！她用力将车刹住，就那么痴痴愣愣地望向对岸。如果有了钱，那个八婆房东还会像赶苍蝇似的赶我走吗？如果有了钱，还用每天在那条最破的老街里横冲直撞吗？如果有了钱，还会惜命般地接住那条金黄色的毛绒蟒蛇围巾吗？如果有了钱，还用每天操着粤语流利地变着法儿地骂人吗？如果有了钱……她一刻也不敢再往下想，她不能空想，她需要钱，现在钱对她来说就是一切。

虽说她已发誓戒赌了，但除了这条路她还有别的选择吗？

当年移居澳门，老爸也是想过上更好的生活，让姣爷受到更好的教育，谁知到了澳门老爸就沾上了赌瘾，家底全败光，姣爷的学业也只能半途而废了。妈妈走得早，老爸变成赌徒之后，赌场成了姣爷的家。家里那点微薄的收入来源全靠赌博。

赌博这个泥潭，一脚陷进去，就别想再拔出来。当年老爸被人追债，债主把人绑走，十五岁的姣爷跟别人借了身份证混进赌场，就凭着那股想救老爸的信念，居然连庄 21 把，把在场所有的人都惊呆了。从此，她从阿姣变成了姣爷。

拿着赢来的钱，姣爷替老爸还了债。想想那天的场景，她一个十五岁的姑娘，提了把砍刀跟黑社会老大交涉。就凭着那股天不怕地不怕的劲头，愣是把老爸救了出来。

人生第一次有了成就感。虽说这成就感来自赌场，总有些牵强，但她除了赌有点天分外，其他方面连她自己都搞不清楚她还能有啥专长。

"钱不是万万能的，没钱却是万万不能的！"老爸的话洗脑般地泛滥过来，望着对岸那片灯红酒绿，她的自信心卷土重来。

奇迹是怎么来的？不是哭天抢地就能盼来的，虽不能说奇迹和信念成正比，但畏首畏尾的，奇迹永远都是浮云。

"我热爱奇迹，所以我迷恋这里。"姣爷愤青般地给自己打气。

不管通往赌场的路有多艰难坎坷，路漫漫其修远兮，她只深信一句：念念不忘，必有回响！

Chapter 2

【她果断给他贴了标签：大赌客】

　　一个华丽转身，姣爷从头到脚焕然一新。她身穿诱人的红色短裙制服，体态妖娆，脸上妆容精致，充满魅惑。穿上这身衣服，她的名字就叫赌场公关，再说得俗一点就叫陪赌女郎。

　　做这一行当然是吃青春饭，脸蛋不好的，身材不佳的也难入这行。漂亮地伴在赌客左右，拿着高额的小费，看似光鲜，每天不分昼夜地工作，面对各色赌徒的垂涎，背后的辛酸也只有她们自己知道。手机 24 小时都要随时待命，如果哪个客人打电话来，订房间、买码换码都是公关的例行工作。这些客人买的码越多，自然提成也越多，一般至少是一个点，同时还有流水分成。所以赌场公关最重要的就是眼光，就像你下注庄和闲，眼光和运气都是相辅相成的。只要选对了客户，尤其是碰到大赌客，赚钱的速度也是惊人的。

当然大部分做赌场公关的姐妹目标不是那点提成，能跟一个大赌客过上幸福生活恐怕才是最实际的。只是这种美梦成真的机会并不多，看上你了，扔下 50 万陪三天的居多。

姣爷也不是没遇到过，扔下 100 万的都有。她不屑，她不是不屑那些钱，而是不屑那些人。大赌客就是用来赚钱的，而不是用来睡觉的。男人和钱她分得很清楚。

任何行当都是清者自清，无关风月。只要赚到钱、做好分内的事情就 OK 了，没什么好怕的。就像潘金莲当初就是晒被子时竹竿打到西门庆的，后来的事情是晒被子惹的祸吗？

姣爷步履轻盈地从酒店进入赌场，穿过老虎机，穿梭于各个大小赌台，她吸引了众多路人的目光。她坦然地接住这些目光，自信十足地走进去。凡是了解这家赌场的赌客都对姣爷刮目相看，倒不是迷她的美貌，而是她手壮旺财，连庄 21 把的历史成了她的背景板。好多大赌客点名要她陪赌，那她还得挑人呢。她优雅微笑地看着那一众神情激动的赌客，余光扫过，镇定自若。

内心那句名言又来了："我热爱奇迹，所以我迷恋这里。"

穿过赌台，她眼观四周，对每个客人如同扫描般掠过——男人的鞋、手里的银包，甚至 T 恤的标签，只需一眼，再不多看，全都是一帮五流赌客。

五流赌客大多是泡在大厅玩老虎机的游客，有的甚至是第一次进赌场。那些人她正眼都不瞧。

对面那个穿八匹狼的男人，姣爷上下一扫，断定此人一手牌也就敢下 2000。只见他正紧张地推出手中的筹码：果然是 2000。

新手都是这个样子，2000 已紧张得要死。不出一星期即刻能推到一万，再往后每天十几万都嫌磨唧了。她想起之前的同事 CO-CO 姐，她遇到每天几万、十几万的客人，总不屑道："这些人都怎么赌的？每天几万、十几万地赢，磨磨唧唧的，怎么做大事?!"

姣爷微微一笑，掩饰住。

那个手拎爱马仕包包的女人，腕上闪着金表，一条紧身牛仔裤，在她面前晃啊晃。不用说一定只是个游客。真正的赌客没人戴手表穿紧身裤上赌台的。

COCO 姐从来不戴表，赌棍一个，赌到后来，连公关也辞了，没日没夜、黑白颠倒地赌。姣爷跟她混了一段日子，差点没被她拉下水。每次见她精神恍惚的样子，直叫人担心她走火入魔。

有一次 COCO 姐跟她开玩笑说："过了这个月，我一定要搬家，租这么高的楼，从阳台往下看就有想跳下去的冲动。下个月一定换个楼层低点儿的，住那么高的楼，对赌徒安全隐患很大啊！"当时姣爷以为这只是句玩笑话，谁能想到有一天，她真的从上面跳了下来。

天天跟这些赌棍打交道，看了太多的起起落落，姣爷面上波澜不惊，她心里有数。

再看那个穿西装的老头儿，一脑袋汗，满脸紧张地玩着筹码，手上戴着个硕大的戒指，旁边放着 Vertu 手机，赌台上电子屏幕显示 100。

不用问，赌棍一个。看得出他曾经很有钱，可惜亿万身家都孝敬了赌场，贵宾厅玩不起出来混散台了。这种人都是笑不到最后的，曾经的甜头谁都尝过，更多的人因为这个甜头越陷越深，最终还是害惨了自己。每个赌棍都记得初尝甜头的那一刹，而不记得更多洗白时候的绝望，即使混到散台，依然打得血脉贲张。

赌棍挑赌台都会选有人赌的台子，如果在没有人的台子上打，通常都会打得很吃力，因为没有人可参考。有其他赌客在旁边，即使是个烂赌客也能助你一臂之力。觉得路子不对的时候，可以休息一下看别人打，有赌客和你齐心协力下注，总有种抱团取暖的力量。赌棍们都有这种心理：把赌场当敌人打。这种感觉让他们非常虚荣惬意，甚至还有满满的成就感。打赢赌场、赢得盆满钵满的时候他们才能体会活着的意义。正是这种惬意和赢钱的快感，让许多赌入膏肓的人欲罢不能。

表面看赌场里的散台最活跃、最热闹，而殊不知真正能给赌场带来收益的都是那些闲人不得入内的贵宾厅。赌场 80% 的收入都来自 VIP 私人赌厅。贵宾厅里有太多的暗箱操作，尤其是赌台底和吃底。凡是到贵宾厅赌拖底的，大部分都是输的。生死就在几手牌之间。

各个贵宾厅和赌场老板之间的关系也很微妙，类似于承包摊位与出租老板的关系，但又不尽相同。据说赌王何鸿燊每晚都会挨个电话打给各大贵宾厅厅主，询问当日的经营情况。能做上赌厅厅主的，那也绝非等闲之辈。要知道投资一个赌厅条件是非常苛刻的——一个小赌厅需要抵押约 1.6 亿元的银行票据。大厅的格局通常是三张百家乐、一张 21 点、一张赌大小。小厅也至少要三张百家乐。没点雄厚家底也别想沾这一行。厅主也不是坐等收钱，赌厅的装修、员工日常开支也都得管。每个厅每月会有 8000 万的“死码”来周转，并给一个营业额度，如果每月消化 7

亿元筹码的话，可得三分利润。也就是说，谁拥有一间豪华的贵宾厅，就意味着厅主每年将有数千万的稳定收入。钱生钱、利滚利，赌场的诱惑又有几人能抵得住。像 COCO 姐这样的公关，每年被拖下水的不计其数。

谁都知道赌场是有一个赢钱概率的，只要你继续玩，总会有输的一天。赢钱，谁都想，当你赢的时候，很正常，说明你当时的运气在你的概率这一边；当你输的时候，也很正常，说明赌场已占到了另一边的概率。百家乐庄家的理论盈利点在 2.5% 左右，这就意味着，你在赌场混的时间越长，下注的次数越多，你就输得越多。

多少年前，曾有一个香港富豪，从新葡京一靴牌，赢走赌厅 5 个亿。当时轰动了整个澳门。之后的故事就如过山车般，半年后他连本带利地输了回来，而且最终赔上了身家性命。正是江湖中的那句话：是你的，就是你的；不是你的，始终是要还回来的。

姣爷正替这个穿西装的老头儿唏嘘，一个陌生男人从她身边匆匆走过。姣爷不经意地一瞟，此男中年，四十来岁，长相顺眼，气质还算儒雅，戴着细边眼镜，蛮斯文的样子。手里什么都没拿，一身行头也看不出什么牌子，但细看之下，衣服的亚麻质地能透出一丝高级和舒适。还是个有味道有品位的男人。姣爷细细打量他，脑中充满各种问号。忽然她看到了他脖子上的那条围巾——Loro Piana 品牌。

呵呵，姣爷脑袋飞快一转，这可是意大利国宝级的奢侈品牌。她咧嘴笑了一下，果然自己还算有眼光，这个男人不一般。心情顿时有了小波动。她目送男人穿过赌厅，眼光始终无法从他身上移开。这个男人毫无疑问，她果断给他贴了标签：大赌客。

她在寻找机会。她有种预感，这个男人绝对可以很好地合作一把。

百家乐赌桌就那么平淡无奇地摆在姣爷面前，但今天看起来，却有一丝特别。她嗅到了空气中不一样的味道。

走进 MGM 的私人赌厅里，姣爷环顾四周，美目流盼，经过精心打扮，她的脸在愈夜愈明的灯光中熠熠生辉。果然她一眼看到了那个男人，那个系着 Loro Piana 的大赌客！眼前如一道闪电划过，她轻笑一下，给他起了名字——邓先生。

在赌场上，"邓先生"是有钱金主和大赌客的代称。姣爷天生就有这样的本事，凡是赌场上的"邓先生"都难逃她的法眼。她的这种本领完全可以充当赌场的线人了。要知道，每当有"大赌客"进入赌场时，赌场线人们早已铺好了一个惊人的网络，"大赌客"的资料会马上通过传真发到赌场重要部门，赌场方面马上就会做出反应。这种反应同姣爷看人的眼光如出一辙。只有嗅觉灵敏的人才有可能赚到小费和抽水，不然一天都是白忙，光靠赌场那点保底的工资肯定是不够的。

稍稍稳定了一下情绪，姣爷看着荷官行云流水地发牌、开牌。当然余光始终是在邓先生身上打转。

牌局慢慢开始转热，索性她将目光直直地打过去，就那么目不转睛地看着他。他微微皱眉，一双急切的眼睛盯着牌局，看得出他很认真。他甚至认真到都没有看姣爷一眼。

今晚姣爷是特意精心打扮的，其他的男人都会时不时瞟她一眼，只有旁边这位邓先生视她如空气。

姣爷看了一眼电子牌路，一庄三闲，一庄三闲，这样连着开了两组，刚才又开了一把庄，按照路子来走的话，下一把就要押闲了。大家都有点犹豫，因为不能飞牌，几个赌客都在大眼瞪小眼地观望。

只有邓先生，一把推了 30 万到庄。他突然凑到姣爷耳边说："有你在肯定旺我，对吗？"

姣爷先是一愣，接着再妩媚地一笑，原来他并没把她当空气。

这时众人一阵欢呼："庄！庄！庄！"那气势一下将姣爷的视线吸引过来。

开牌，果然庄赢。

欢呼声一浪高过一浪。大家情绪高涨，甚至爆出了掌声。

接下来的几局，邓先生全部押庄，竟然把把都中。

邓先生开心地冲姣爷低语道："你在，果然旺我。"

其他赌客们都跟着邓先生押，也都跟着把把赢钱。

姣爷瞥了一眼电子路牌，庄已经连赢 14 把了！她心里一惊，说他是大赌客，一点儿没差。

荷官忙着补筹码已补得满头大汗。这时赌厅经理坐不住了，特意调换了荷官。客人连赢的时候，赌场通常会更换荷官，或者检查筹码，换换气场；有的甚至让监理去打断赌客，破坏赌客的常规动作和节奏，生怕运势来了，收都收不住。而这些小动作一旦打乱赌客平时的习惯，情绪出现波动，很容易就失控了。

邓先生却不为所动，又赢了一把后，终于舒展开眉头，潇洒地用筹码打赏荷官。同时他也给了姣爷一个 10000 的小费筹码。贵宾厅最高面值的筹码一般都是 10 万元，这 10000 小费真不算多。放眼澳门赌场，最高筹码高达 200 万，有的豪客一次押十个八个的，一赢就是上千万，当然一输也就倾家荡产了。一笔过千万的资金，赌客只需将人民币存入地下钱庄，明天就可以凭钱庄开出的一张收据在澳门拿到相应的美元。无论你是在机场、宾馆或赌场，钱庄的工作人员就会拿着你要的支票或现金专程送来，服务非常周到。

看着手边已经积攒了不少筹码，姣爷盯着邓先生认真地一笑。

赌牌继续，此时此刻没人敢开小差。

再加注时，邓先生似乎有些犹豫，不确定是否连庄。而同桌其他的赌客都已改押了闲。

邓先生的眉心又皱起来，他想了想，犹豫着对姣爷说："已经 16 把连庄啦。"

见他如此犹豫，姣爷立刻出手："就算 9999 把连庄，下一把概率还是 44%。当年我 21 把连庄，靠的就是信念。还是那句老话，洪运当头，赶也赶不走的。"说着她拿出一万小费毫不犹豫地押了下去，眼神最后定在邓先生脸上，笃定地说，"我陪你。"

邓先生眉毛一挑，他这才仔细看了看身边这位出手不凡的姑娘——脸蛋还算秀气，下巴尖俏，双眼透着灵气，猛一看不打眼，细看却能品出一番味道。"当年我 21 把连庄，靠的就是信念。"年纪轻轻，却豪言壮语，邓先生对她有些侧目。

两人四目相对，好似有股暖流迎面扑来。邓先生被这样一激励，顿时备受鼓舞，士气大增，大额筹码潇洒地推了出去，果断押了庄。面上还是一贯的稳重，但内心却已紧张得大气不敢出，毕竟已是 16 把连庄了……

　　而姣爷此刻却是气定神闲。想当年自己连庄 21 把，那辉煌的战绩，何时说出来她都觉得自己是人生赢家。尽管就那么一回，但也是她信心的来源。况且这次她不是孤军奋战，她身边有这位邓先生。

　　荷官开盘，果然又是庄！全场欢呼，沸腾一片。

　　不知为何，从第一眼见到他，认定他为"大赌客"开始，姣爷对他就充满了信心。倒不是那条 Loro Piana 围巾有多打眼，而是他身上真的有种吸引力。就好似那天她站在西湾大桥上，全身都被对岸的赌城深深吸引一样。那种感觉无可言喻……

Chapter 3

【男人的定力】

　　愈夜愈美丽，说的不是这赌城的夜色，也不是此刻姣爷的脸蛋，而是刚刚邂逅的两个人挤在电梯里的那种感觉。

　　本来那种感觉可以很平淡无奇，两人坐同一部电梯没任何稀奇可言。而这一次却不同，同她挤在一部电梯里的是邓先生。

　　他们刚刚相识，说话还没有超过三句。一切都那么陌生，陌生到邓先生按了顶层，姣爷还不知要去哪里。

　　她站在邓先生背后，看着他按了电梯按钮，显示到顶层。她却无动于衷，确实那一刻她分心了。走神走得厉害。

　　邓先生手扶在姣爷身边的电梯壁上，沉默了数秒，他突然转过身来，定定地看着姣爷。那眼神暧昧得快要让人窒息。

"姣爷果然名不虚传，今天来 MGM 我算是选对了。"邓先生说着露出好看的牙齿和迷人的酒窝。

他居然知道"姣爷"这个名字。她心里一惊，旋即也同样露出暧昧的表情看着邓先生，欢快道："明明是邓先生厉害，牌桌上讲气势，旺不旺两把牌就看得出来啊。"

邓先生一笑："我不光赌钱厉害。"

姣爷也一笑："大赢的时候能起身，就冲这一点，邓先生就不是一般人。我看了太多赢的时候走不动最后连裤子都输掉的人。"

她记得亦舒说过一句话：最有本事的人，不是拿到好牌的人，而是知道几时离开牌桌的人。

邓先生是这样的人，这在她看来，是本事。

邓先生笑笑，目光依旧能把人灼伤："我的裤子可不是能随便输掉的。小赌怡情，大赌伤身，男人没这点定力还能干成什么大事。"

姣爷莞尔一笑："两个小时一千万进账，原来邓先生只是小赌。"她心里惊叹此人的定力。

"一千万不算收获，今天最大的收获是认识了姣爷。"邓先生边说边向姣爷靠过来。两人越靠越近，姣爷的心开始怦怦乱跳，眼看着局面有些不好收拾，"叮"的一声响，电梯门开了。

邓先生和姣爷对视着，那一瞬间，姣爷好似看到了一团火。

"邓先生，你到了。"还是她先冷静下来，微笑着说。

邓先生点点头，再次看向姣爷。片刻，他从兜里拿出一个 10000 的筹码递过去："再加一个，凑个整吧。"

姣爷愣了一下，旋即伸手接过了筹码，依然微笑着说："谢谢，邓先生，你到了。"

邓先生看着她，那通透明澈的双眸，唇边淡雅又不失味道的微笑——那表情拿捏得刚刚好，既不多一分，显得轻佻，也不少一分，显得客套。

这女子不一般。邓先生心下暗想，却再也想不出该说的话。

姣爷还是保持微笑地看着他，目送他走出了电梯。

刚走出去的那一刻，邓先生又忍不住回过头来，眼神始终不舍得从她身上移开。

两人心照不宣地笑了。仿佛俩人都读懂了彼此的小秘密，谁也不愿意先去捅破。

还是姣爷先出手，最后补了一句："好好休息，明天再战。"

邓先生露齿一笑，不发一言地转身走了。心里却是在跟自己较劲，这个姣爷，我得让你看看什么叫男人的定力。

电梯门关上的那一瞬，邓先生那张渴求又节制、儒雅又精干的脸终于消失在门后。

姣爷撇撇嘴，终于呼出一团气。

"哼，我可没那么笨轻易上你的床，美得你！"她看着手里那一沓崭新的筹码美滋滋地笑起来。

这才是她想要的澳门岁月，再儒雅精干的男人也不如手上的筹码来得实在。想到这儿，她才清醒地按了一下电梯钮。下一站，她要去找凌姐！

凌姐五十出头，当荷官已多年。这会儿她正独自在散台百家乐赌台。

姣爷从人群中一眼看到她，得意地走过去，一屁股坐过来，冲她摆摆手势，让她开牌。

凌姐看她一眼，也被她不可一世的气势震了一下。她问也不问，开始发牌，收牌。

姣爷有了筹码，再加上前面的战绩，整个人精神百倍，自信爆棚。她连着开了十口单跳，转眼又赢了几千。看来今天运势不可挡啊。

凌姐看她乐呵呵地数着筹码，丝毫没有停下来的意思。

稍作喘息，凌姐哼笑一声，说："今晚这个邓先生出手很大方？"

姣爷得意一笑："当然，小费10万！有钱就是任性！"说着便押庄。

凌姐开牌：却是闲。姣爷输了。

"还要继续？"凌姐又拿走筹码，没好气地问她。

姣爷犹豫一下，这次她准备押闲，她有点不信邪："我目标不高，10万不动，赢2000，够一晚上酒店钱，就行。"

凌姐冲她摇了摇头，只好继续发牌。

上一口开来个闲，按牌路的话，这一把一定要打庄了。姣爷毫不犹豫地押上一个筹码：庄。

这时不知哪儿来了一个老头，推了2000的闲，挑衅地看了看姣爷。

姣爷接住这目光，也毫不示弱。她轻蔑地看了老头一眼，又加了1000的庄。旁边跟注的赌客一看情况有变，有的又撤回了筹码。从气势上看，姣爷可比那个老头强悍。

一开牌，果然姣爷赢了，而且是一枪过。姣爷接过筹码，胜利地瞟了老头一眼。那老头见状，灰溜溜地走了。

其实姣爷的这种打法风险也是很大的，反着打套路容易乱掉，但没办法，庄和闲就在那里，总有人要押的。但赌场很乐意看到这样的情况，赌客自己反着压，自己元气大伤，然后全部输回给赌场。

COCO姐有句名言："凡是从澳门赌过来的人，都是不怕死的。"在澳门赌钱，还是中国人更会赌，还有越南人，但是越南人通常都没钱。中国人赌起来看中几口就推，数额也大得惊人。菲律宾人喜欢"磨烂席"，就是带一点赌本，慢慢地磨。其实这种打法是最失策的。赌场里，庄家抽水通常都在5%左右，如果你下注次数越多，被庄家抽水也就越多。有时候，你的钱不是输掉的，而是活生生被赌场抽干的。更别说那些免佣台，六点赔一半，抽得更狠。

要说赌场里素质最高的还是韩国人。韩国赌徒的打法和心理素质都是受过专业训练的，而且都受过长期的实战磨炼，遇到什么场面他们都能应对自如，即使连杀和连黑，他们也能及时抽身而退。而中国的赌徒基本做不到，输了钱当场打人的不在少数。就像COCO姐，输了钱打荷官的事她都干过。韩国赌徒即使大败几十万美金，下一秒依然可以在咖啡馆里谈笑风生。这样的风度、这样的差距，姣爷都佩服得五体投地。

老头走后又来了一个二十出头的黄毛小伙。

黄毛小伙赌得很凶，注码弹性大，一口几千，下一把直接爆台。姣爷几乎是看傻了。姣爷在没有大赌客的情况下，通常选择稳健型打法，而且是把把打。这个黄毛小伙不会把把打，但是顶路的时候，一定推爆。

姣爷知道遇到对手了。

她下了一把庄。庄是她的幸运方，凭着连庄 21 把的战绩，她对庄就有了莫名的好感。

结果凌姐开牌：是闲。她白了一眼姣爷，收走了筹码。

姣爷不信邪，继续再下了两个筹码在庄上。黄毛小伙也毫不手软，继续押闲，这是要杠上了。

凌姐看姣爷的表情，知道她有些收不住了，边发牌边说："赢了钱还不赶快回家睡觉！"

凌姐当荷官多年，她知道这种凶狠打法的人一定要远离，否则就会跟着越打越凶，越打越乱，最后基本是奔向末路了。

姣爷还是不信邪，一把全押上，还是庄，结果再开盘，全输了！

凌姐气得哑口无言。

刚才还赞了邓先生是个有本事的人，大赢的时候能起身。怎么轮到自己，屁股便不肯挪窝了。姣爷也后悔不迭。总想一赢再赢，欲罢不能，最后却一败涂地。难道女人的定力就是不如男人？

连个毛头小伙都压不住，还怎么在赌场混？输就输了，还输得这么惨。白天赚的那点小费全打水漂了。

千日砍柴，半日烧啊！

Chapter 4

【只要你别再欠债，我把你当亲妈】

从赌场出来，姣爷立即打回了原形，就好似灰姑娘脱掉了水晶鞋，所有的华丽丽也一并消失了。

还是那身骑摩托上班的衣服，脖子上还吊着那条金黄色的毛绒蟒蛇围巾，姣爷垂头丧气地跟着凌姐爬上了逼仄的阁楼。无家可归的时候，幸好还有凌姐这个小阁楼。想起小时候，老爸一被人追债，就带着她躲到凌姐家来。凌姐总是数落一番，再事无巨细地安排一切。

环顾四周，凌姐的小阁楼里还是老样子，一样新家具也没添置，连窗帘、桌布都旧得一如从前。

自从她到赌场正式做起了公关之后，她就自己搬到外面去住了。凌姐还要供儿子安仔读书，手头已经很紧张了，她哪儿忍心再让凌姐养她。只是好景不长，她现在混得连房租都交不起了，还是得厚着脸皮投靠到这儿来。

重新住进安仔的房间，一切似乎又回到从前。墙上还是那些奇奇怪怪的小动物画片，那张小床还是孤零零地靠在墙角，连床上的公仔都没变过。安仔去外地读书后，这间房子就空了出来。姣爷疲惫地坐在地板上，顺势往地上一躺，这一场恶战耗得她精疲力竭。

这间阁楼似乎还有老爸的味道。她一眼看到了梳妆台上的那张老照片——老爸、凌姐、安仔，还有她。那是老爸在时他们唯一的一张合影。

那天老爸赢了钱，刚好凌姐过生日，老爸突然说要一起去拍张照片，当时安仔还闹着不要去，要在家里玩游戏。凌姐打了屁股才去的。那天凌姐好漂亮，两条粗粗的辫子挂在胸前，特意戴上老爸买的发夹，眉清目秀。老爸也特意穿上了西装，理了头发，意气风发，帅到不行。安仔瞪着无辜的大眼睛，有点可爱。最不起眼的就是她，一副瘦瘦没发育的样子，风一吹就要倒了……

想到这里姣爷不忍再回忆下去，满是肿胀酸涩的味道。

靠窗的那面墙，她赫然看到了一排书架，这书就是"输"，碰不得啊！她赶紧过去把所有的书都收起来，再用衣服把书挡上。

凌姐过来边整理小床边数落她，心里那个气啊："让你早些收手，你就是不听。要不是最后，要不是最后，everybody 都是输在'要不是最后手气不好上'！"

姣爷本来就一肚子气了，已经输得这么惨了，还要数落，她还击道："哎呀，凌姐，你不毒舌会死啊！你就不会说，没事，明天再陪邓先生大赢一次，就什么都有了。"这个时候，她还没忘那个邓先生。

凌姐气道："邓先生，邓先生，我警告你小心这个邓先生。现在的大赌客个个钻石王老五，个个也不缺女人。当年要不是我也碰到个邓先生，留下安仔和这套房，也不会被困在这里当Dealer，一辈子给人杀杀赔赔，自己穷得叮当响。邓先生都是靠不住的！"

凌姐当年的那个邓先生姣爷没见过，不用说凡是大赌客也都是那副样子。财大气粗，不可一世，嚣张跋扈，但又有致命吸引力。不然凌姐也不会义无反顾地给他生了儿子。只是金主一般女人又留不住，能留下一套房子已是烧高香了。姣爷当然也明白这个理。只是她的这个邓先生好似有些特别，没那么玩世不恭，精明但不失儒雅。

凌姐看着她那精疲力竭的样子，又有些心疼。说归说，数落归数落，该给她铺床还得铺。焦大走后，她是把姣爷当亲生女儿待的。这几年安仔在外地读书，不常回来，倒是姣爷这个女儿三天两头要碰面。不是母女，又胜似母女。焦大只留下这么个女儿，就冲着对焦大的那份情，她也要把姣爷带好。自己当年的那个邓先生，搞大了肚子人一走了之，碰上焦大，倒像是命里注定，两人天天在赌场见面，不生情也难。焦大对他们母子又那么无微不至，姣爷又懂事，四个人在一起倒像是一家子。在一起的那段日子虽然苦些，现在回忆起来全是满满的温情。她跟焦大虽然也没个名分，但也是认定对方了。只是好景不长，就在姣爷替他把债还清，提着砍刀救他回来之后，正当大家都觉得好日子快来的时候，一次在赌桌上开盘的一瞬间，他就倒下了。他甚至都没来得及看清输还是赢，就这么轰然倒地，再也没有起来。谁也不知道他有心脏病，送到医院的时候早就断气了。往事历历在目，凌姐看着今天如此落魄的姣爷，心酸得要命。

姣爷看着凌姐新铺的床，面上一喜，一屁股坐到了床上："我呢，必须先谢谢你的邓先生，要没有他，今晚我就得睡大街了。"

凌姐烧完香走进屋，气不顺道："你睡大街还少啊！你说你赢赢输输欠债还钱这么多年，还看不透啊。这么有毅力，去供楼嘛。你要早听我的话，一层楼都供出来啦。"心里疼着，嘴上却不饶她。

姣爷伸了伸懒腰道："供楼？才不要。一辈子挤在这么小间房里，还不如去当鸽子。再说，我将来老公又是做房地产的，用不着我操心。"

凌姐白了她一眼，继续收拾书桌："还房地产呢，我看你是发梦吧。"真是又气又好笑。

姣爷认真地说："真的！电脑算命说了，我做赌，他盖房，绝配，中国人最爱干的两件事我们俩都伺候全了。"

凌姐讪笑道："你也老大不小了，永远没个正形。在古代像你这样一把年纪不嫁的，父母都有罪！"说完气鼓鼓地上楼了。

姣爷看着她的背影，这才发觉渴得不行，赶紧打开冰箱拿饮料，还不忘反驳道："我爸死了嘛，有罪也算不到他头上了。"

一提到姣爷的父亲，又点中了凌姐的死穴。这个男人一生只会赌，待人却又是极好。姣爷的生母死得早，他一手把姣爷拉扯大，也不容易。想当年他每次来赌场，一来就把姣爷塞给她，自己为了钱连命都搭上。想到这里，凌姐鼻子一酸，险些落泪。至今她心里还有这个男人。毕竟他们患难与共地爱了一场，如今只留下个姣爷，苦了她一个人。

她缓缓走下楼，叹口气道："哎，以前三更半夜是你爸敲门，现在换成你了。"

说着把睡衣给姣爷递过去。往事不断涌出来，那些画面总也挥之不去。

姣爷接过来一看，噘嘴道："还是这件，洗成这样也早该扔了。"这件睡衣至少跟了她有十年了。

凌姐瞪她一眼，那眼里全是苦涩。

姣爷继续说："所以，这就是我的宿命。我爸这辈子摔在赌上，我就得在这儿站起来不是！我爸，就是用他的命把我领进赌场大门的！凌姐，我不能辜负了我爸，他一辈子没实现的梦，我得给他圆了吧？"

凌姐找出了儿子的T恤塞给姣爷，刚想再说她几句，又忍下了，只说了一句："喏，凑合穿吧。"接着再给她找出洗漱用品，摇摇头道，"你们焦家基因一定是哪儿排乱了，天天发梦，出了事让别人给你们擦屁股。你哦，银行都没进去过，会有钱？鬼才信呢！行啦，赶快洗澡睡觉吧，明天一早还得开工。"说着走了出去。

姣爷跟着走到门口，在背后找补了一句："钱是赚出来的，不是攒出来的。凌姐，这世上怕就怕'自信'二字，念力最强大，只要你信，不可能的事儿就能'吧唧'——砸到你头上。"

凌姐知道她又遥想当年21把连庄的辉煌了，没好气地白了她一眼。看她大口喝着冰水，立刻夺了下来，给她盛了一碗热汤："熬夜还喝冰水，你想二十五六老就成我这样啊！"

姣爷接过汤，甜滋滋地一笑："凌姐，以后我有钱了，就把你当我亲妈孝顺。"

听到这话，正擦箱子的凌姐骇笑着转过身来："谢谢你哦！只要你别再欠债，我把你当亲妈！"

姣爷捧着汤碗，笑成了一朵花。在她心里早已把凌姐当成了亲妈。没有凌姐，她早不知自己在哪条大街上风餐露宿了。

四岁时，妈妈就去世了，姣爷对自己的亲妈除了那张遗像之外没有一点儿记忆。有时看看照片，再看看凌姐，好似一个人。也许老爸就是喜欢这一类的女子——安静善良，文静秀气，时而刀子嘴豆腐心，时而唠叨个没完，时而又把你当小孩子疼个没完……

不知睡了多久，又好似根本没睡着，姣爷似醒非醒地躺在小床上。

阳光透过薄薄的窗帘散射进来，那光线不明不暗，叫人想睡又睡不着，不睡又困得很。凑热闹般，窗外的喧闹声也跟着一浪接着一浪跑进来，姣爷头痛欲裂。

她翻来覆去地换着各种姿势都觉得不对劲，脚底码着许多杂物，腿也伸不直，最后干脆把身体蜷缩起来。可蜷起来也不好受，时间一长，脚又开始发麻。她翻烙饼般，弄得小床吱吱作响。腰下又不知被什么东西硌到了，她顺着床和墙的缝隙摸去，从身子底下的褥子里竟揪出一本书来。姣爷气急败坏地抬眼一看——《查令十字街84号》，一本比她还要老的书。

　　"这什么破书啊？衰死人！居然还有一本没清走！怪不得昨天输得那么惨，沾上书就是输！"

　　她越想越郁闷，干脆拉开阁楼顶窗一把将书丢了出去。

　　这"输"的霉运，她必须得赶走。

　　闭上眼睛，她又昏昏沉沉地睡了过去。

　　迷迷糊糊地，她又去了赌场，一眼便看见了她的邓先生——依旧是那条 Loro Piana 围巾，眼神依旧是那样儒雅又暧昧……他越来越近地靠过来，声音带着磁性，像一道闪电直蹿入心底的最深处……

Chapter 5

【买断美国】

　　有句话叫"信则灵，不信则无"，电脑算命这事，姣爷是选择认真对待的。生辰八字一输入，几秒钟就出结果，虽然过程有点简单草率，但重要的是结果你满不满意。如果满意，那也不必计较这里面的技术含量了。

　　姣爷未来的另一半赫然写着地产商！呵呵，做房地产的男人不用问，个个都是邓先生，将来什么房子问题、养老问题还是问题吗？凌姐的这间阁楼也早晚要变成别墅。

　　想到这里，姣爷发自肺腑地憧憬起来。

　　再环顾这间阁楼，说它是鸽子屋更贴切，那阳光说明不明，说暗不暗，下雨的时候漏雨，刮风的时候漏风，若再赶上台风、风球什么的，房顶能直接被掀掉……有了地产商老公那就不一样了，直接拆了自己盖，想什么样就什么样，一座拆了盖两座，一层拆了盖两层，盖个 60 层也不犯法啊，有钱想怎么盖就怎么盖！阳光不好，直接盖个天台，种上花草，我就不信招不来蜜蜂！

就这么憧憬着，阁楼里的阳光果然一点点明灿起来，她好似沐浴在明媚的阳光下，晴空万里，云彩在头顶渐渐透明，阳光灼灼灿灿地暖了她一身……

说起洛杉矶的阳光，明媚、灿烂、迷人，所有褒义词叠加在一起形容都不为过。尤其是阳光从豪宅曼妙的纱窗射进来的时候，别提多美妙了。

一排古香古色的书架，配上这透明柔美的轻纱白帐，再来点婉约的轻音乐，美好的人生画面也不过如此了吧。当然，这时候插进来一段男欢女爱，更是锦上添花了。

Daniel 正靠在书架上亲吻他的金发女郎 Maggie，音乐从发际流淌到唇边，顺着双手滑落到腰间，再坠向那个隐秘花园。那一排排书架时不时晃动着，跟着音乐的节奏起起伏伏。

两人兴味正浓，动作愈演愈烈，刚换了个姿势，果然震得一些书哗啦啦掉下来。Daniel 一边搂着 Maggie 亲热，一边自顾不暇地把书放回去。

新一轮的亲热中，书再次被震得掉下来。窗外的一束光正好打在封面上，"查令十字街 84 号"这几个字在阳光下格外耀眼。Daniel 用余光瞥了一眼，刚想分神把书放上去，却被 Maggie 又拉了回来。

他一把将 Maggie 抱到写字台上，继续亲热，顺手一扔，那本书便湮没在桌脚一堆房产广告文件里。

那时的 Daniel 又怎会知道这本书的奇妙。后来的故事若你能想到了，它也就不叫故事了，那叫经历，落实到纸上那叫简历。

Maggie 发出阵阵呢喃声，兴奋道："哦，Daniel，我爱你。"

Daniel 只顾亲吻，闭着眼睛，一句话也不说……

这个时候说什么都是多余，说什么也不可信。

一番激情后，Maggie 送 Daniel 至门口，二人道别。

两人交往快两年了，年纪轻轻已经做到著名律所合伙人的 Maggie 身边追求者甚众，她却唯独对这个亚洲男子情有独钟，她无数次暗示过如果对方求婚她一定会答应，但是这个 Daniel 却从不接话茬儿。Maggie 心里不是滋味，她不明白为什么稳定亲近的他俩就不能再进一步呢？

Daniel 的生活是极其乏味的，尽管他努力让自己觉得工作极有价值。

大学毕业以后，Daniel 考了房地产经纪人牌照，他喜欢和房子打交道，每一处房子就是一个家，尽管他内心不愿正视，但是潜意识里，Daniel 对家的那份渴望从来没有消失过。

而命运也没亏待他。

这几年，美元不断升值，房地产市场逐年火爆，到美国买房子的人数不断攀升，尤其以南美和中国的土豪最多。谁都知道美元保值。

洛杉矶离中国相对近些，风光迤逦，气候宜人，集繁华与宁静于一身，是美国西海岸最璀璨夺目的海滨城市。许多中国大土豪纷纷把目光投向这里。这块市场，Daniel 早研究透了。

　　美国房产经纪人跟国内的中介操作完全不同，他们对一所房子的经营可不是随便打几个电话一买一卖，而是要对房子进行全方位的包装、装修、翻新、布置，以最好的面貌把房子卖出去。所以美国的房子基本都是签独家代理，而不是像国内，一所房子恨不得十几个中介在参与，最后大家哄抢一翻，恶意竞价。美国的房地产经纪比较规矩，各州都有自己的房地产经纪执照。这个考试相对来说并不难，只要你掌握了当地相关的法律条款，基本都能顺利考过。而且经纪人6%的佣金也是相当可观的。要知道国内2.7%的中介费都已觉得高得惊人，更何况是6%。

　　在美国干房屋经纪这行，只要你够勤奋，只要你够聪明，赚钱是分分钟的事。

　　Daniel驾着跑车在路上狂奔，不经意间，路边的广告牌映入眼帘，他的巨幅照片如明星般夺目，广告语也气冲山河："买房找大牛，牛气冲天。"

　　多金，年轻，帅——该有的似乎都有了，但是不知为什么，Daniel心里却总有一种说不清道不明挥不去斩不断的空荡感觉，哪怕是在他最口若悬河最生龙活虎的瞬间。

　　"网上说，中国的90后不买房，不做房奴，要轻装上阵，追求人生。难道追求人生和买房就矛盾吗？这话一听就透着二，直接说没钱得了。我大牛今天就告诉大家一个不二的选择——买断美国！"

　　Daniel侃侃而谈，激情澎湃。

　　"您老有钱，一亿的庄园有马场停机坪森林人工湖；您老没钱，15万的小公寓有全套精装修社区游泳池免费烧烤炉。话说萝卜白菜总有一款为你所爱。十年中美签证来去方便，平时您国内上班挣钱，房子在这儿出租挣钱，15万小公寓一个月1500美金租金，您一年来一趟，度假顺带收钱，既做着房东又追求着人生，何乐而不为呢……"

他的口才就是在推销房子中锻炼出来的，他的自信也是在推销房子中建立起来的。他热爱这个职业，他也干得有声有色。

一批新客人被Daniel带进了小区。小区刚刚落成，在进门最显著的位置上挂着一条横幅，上面写着几个中文大字："热烈欢迎中国看房团。"那气势一看就透着像欢迎国家领导人般隆重。

置身于一排排美轮美奂的房子，大口呼吸着没有雾霾的空气，客人们一个个谈笑风生、热情高涨、跃跃欲试，都恨不得立刻把钱掏出来。在Daniel的带动下，好似马上就要买断美国了！

卖出一套房子，就离"买断美国"的梦想又近了一步。

进了一家街边的咖啡馆，Daniel开始整理一天的购房合同，又是写又是算。

二十年前来美国，想的全是学好英语，融入人家主流社会，结果二十年风水轮流转，现在会中文才是看家本事。2008年美国次贷危机，美国人买不起房了，没关系，咱中国人有钱。2014年曼哈顿豪华公寓1/4都是中国买家。美国经纪人失业了，华人经纪人忙得脚打后脑勺。现在哪个dealer不学几句中文，都不好意思说自己成功。

夜晚对Daniel来说是最难熬的，别人的夜晚多半在家里度过，他的夜晚却往往流连于各个咖啡馆酒馆，不混到打烊不离开。整理完厚厚的一叠文件，总算可以稍微轻松一下。他伸了个懒腰，身体舒服地窝在沙发里。

抿了一口咖啡，他把那一摞文件往袋子里一装，这才发现里面还夹了一本书。疑惑地拿出来一看，是一本古旧的英文版《查令十字街84号》。

"这是哪来的书？"那封面已经旧得发黄。他随手翻了几页。

Daniel完全想不出这书为何会出现在自己的书包里，一天带了那么多客人看了那么多处房子，不定在哪个环节哪个客人哪个家里出了错，让这本书混进了自己的文件堆。

不知是他翻书的声音有些用力，又或许是这本书太过古旧，竟把临座一个女孩儿的目光吸引过来。

那是位金发碧眼的女大学生，露肩大毛衣配一条破洞牛仔裤，一副典型的加州女孩儿打扮。她盯着Daniel手中的这本书，眼睛像要发出光来："Excuse me，Please forgive my language，but I really have to say this is so fucking awesome！"（原谅我说话太直接，但我必须得说这玩意儿太牛掰了！）

Daniel茫然地抬起头："是在跟我说话吗？"他都不知道这女孩儿在激动地说什么。

女孩儿继续表情夸张地说："Oh！The book."（噢！这本书。）

Daniel瞥了一眼手里的这本不起眼甚至还有些腌臜的旧书，还是满脸疑惑："这书怎么了？"

女孩儿干脆不见外地挨着他坐下："我只在牛津看到过这个版本，当时没买，肠子都悔青了。你在哪儿买到的？搞不好就是我看中的那本。我能看看吗？"说着伸手想把书拿过来看。

Daniel只好不明所以地把书递过去。

女孩儿热切地边翻看书边说："天啊，就是我当时看到的版本，呵呵，你知道吗，真的是这本！"她激动地拉住了Daniel的手，"这本书让我爱上了英国文学，为我打开一个精彩绝伦的世界。你知道吗，更奇妙的是它让我重新相信了爱情，让我渴望去爱一个人，他的每一次呼吸、每一个眼神、每一句话都是为了我！他的存在就是为了我！哦，你明白那种感受吗？太美妙了，你能了解吗？"说完满脸期待地看着 Daniel。

Daniel 还是有点蒙，他看着女孩儿，再看看书，终于，似乎是配合地说："嗯，要不这样吧——恰好我住的地方离这儿不远，又刚买了几瓶不错的红酒，恰好我又没看完这本书，要不我们一起去我那儿，喝着红酒你给我讲讲后边发生了什么故事？"

女孩儿看着 Daniel，Daniel 看着女孩，两人大眼瞪小眼，似乎都在等对方的反应。

突然，那女孩儿霍然起身，"哗"一下，把桌上的咖啡一滴不落地泼在 Daniel 身上。

这一幕，全咖啡馆的人尽收眼底，全都惊着了。

明明刚才还谈笑风生的，怎么瞬间就急转直下了？Daniel 万分震惊地看着女孩儿："你这是干什么?!"

女孩儿怒目睁圆道："哦，My God，我以为你是知音，没想到你是拿这本书当泡妞的道具。这本书，哦！你真可悲！哦，fuck，打搅了，希望下一个姑娘你能成功。"

说完轻蔑地走了。这还没完，刚走了几步，她又突然回头做了个猥亵的身体动作，然后背对着 Daniel 伸出中指。

Daniel 快气炸了，明明你先跟我搭讪的，你又泼我咖啡，什么人啊，有没有点素养?!

周围的看客都偷偷发笑，但又礼貌地掩饰住，弄得 Daniel 又狼狈又尴尬。

今天大好的心情，都让这本破书给搅和了！

从咖啡馆出来，入夜已深。

Daniel 发泄般地驾车在高速路上飞速行驶，他把怒气都撒在了高速路上，狂踩油门，一路狂奔。就连路过他自己的那张广告牌，他都不屑一顾了。

挑了一处豪宅，门前那块他代理卖房的广告牌依旧风光无限地立在面前，平时赶上心情不好，他只需瞥了一眼，就能立刻起死回生。今天他瞥都懒得瞥，仍是一脸丧气，哪怕这处价值起码两千万的大宅也不能让 Daniel 高兴起来。再低头看看身上的衣服，那块咖啡的污渍依然十分刺眼。

丧眉耷脸地打开车的后备箱，Daniel 拖出一个巨大的旅行袋。那里面卫生纸、拖鞋、洋酒、杯子、牙具、大浴巾、睡袋、衣服样样都有，一应俱全。在某种意义上这个大旅行袋就是 Daniel 的家。虽说在他手里过了不下百十来套房子，他自己也不缺钱，却从没想过自己买一套房子当家。他不敢想晚上自己回家那种透入骨髓的寂寞荒凉感觉，所以倒不如每天借住一套要卖的房子里，反正永远有房可卖，因此也就永远有地可住。他扯出一个垃圾袋，满脸郁闷地把身上的脏衣服脱下来，直接卷了卷塞了进去，连洗他都省了。

屋里悄无声息，有时太安静了反而更让人烦躁。刚想把音乐打开，他就听到了咖啡馆传来的阵阵笑声。那分明是讪笑，一想到那个场面，那股气又喷涌出来。他自认长相英俊，风度儒雅，怎么就莫名其妙被个大学生奚落?! 简直是耻辱！

他气冲冲地拿出牙具、浴巾、卫生纸、垃圾袋去了卫生间。哗地把淋浴打开，他必须得冲一冲身上的晦气。这场让 daniel 气急败坏的遭遇战中，他一肚子的气没处发泄，唯一令他有一点感觉好的是，他聪明地给这晦气的书找了个好去处——寄回书的老家伦敦"查令十字街84号"。对着本书，老祖宗祖训还在，恭敬才说拜读，让 Daniel 也不敢随便扔。寄走，终于算是既脱了手，又没辱没了这书。

Chapter 6

【野蛮生长，安全第一】

雨声哗哗，接着突然响起一记炸雷，将正在熟睡中的姣爷一下子惊醒了。她闭着眼伸手按掉了手机，原来那个雨声和炸雷竟是姣爷的手机闹钟，亏她想得出来。

把手机按掉，她打算接着睡，不想手缩回来时，不知碰掉了什么东西，她睁眼一看，床边竟然又是那本破书。

"丢，大清早撞书！真是晦气！"

刚想把书再扔出去，这才发现书里夹了一张大大的字条。

打开一看，凌姐愤怒的面孔跃然纸上。

"亲妈，老祖宗敬畏书，才说拜读，再扔我东西让你睡大街！"

姣爷看着字条又看看书，撇嘴念叨了一句："靠，阴魂不散啊！"

再躺下去，睡意全无。

她无奈地坐起来，眼睛盯着那本书火冒三丈。

她想了想，找出了纸笔，歪歪扭扭地写了一行字："书神，这儿不适合您，您从哪儿来回哪儿去吧，一路顺风。"

写完她就直奔邮局。

姣爷把书和写好的信纸装进一个大信封里，还不忘忙活地双手合十："菩萨，上帝，安拉保佑，请神容易送神难，给您送回老家，从哪儿来回哪儿去吧，够敬畏了吧。"

碎碎念完，她脸上泛起坏笑，直接在信封上写上了英国伦敦查令十字街 84 号的地址。写完她将信封递了过去。

工作人员并没接她的信封，姣爷一看窗口里当班的正是 Michael 叔，便嬉皮笑脸地叫了一句："Michael 叔，早啊。"

"还早啊，你看看都几点了？今天不用开工啊？"Michael 叔瞥她一眼，接过信封。

"昨天忙了一通宵，今天晚点去。"

Michael 叔看了一眼信封："寄信人地址还没写上，阿姣！"

"我不想写！"说完她便溜了。

Michael 叔忙拦住她说："必须写，阿姣。"

姣爷才不理会，头也不回地走出了邮局。写自己地址，难道是疯了？！这本衰神好不容易打发走了，写上自己地址，难不成还要等它被寄回来！真是可笑！

这个阿姣多日不见还是这个样子。Michael 叔摇摇头，无奈替她写上地址，啪地盖上了邮戳。

Michael 叔跟焦大虽算不上生死兄弟，两人也曾经一同在赌场开工，跟凌姐也都相熟。赌了几年输得差不多了，遇到一个好姑娘，金盆洗手，结了婚也戒了赌，算是过上了安稳的日子。如今邮局这份工作也够稳定，姣爷每次见他都是那种万事无忧、气定神闲的样子，完全跟以前那个赌场的拼命三郎不是一个人。

有时姣爷回想，如果老爸那时也能像 Michael 叔那样及时抽身，或许今天也会和他有一式一样的笑容。只是人生没有那么多如果，也许命运早有它安排好的轨迹，就像这本书，终究会落到什么人手里或许早已注定。

雨声哗哗，接着突然响起一记巨大的炸雷——此刻洛杉矶的天气可不是姣爷胡设的手机闹钟，是真的倾盆大雨，风雨大作。

但是，再大的风雨也拦不住客人们买房的决心。

今天 Daniel 的客户是一对华人母子。母亲王太太雍容华贵，有些知识分子气质，面容稍显严肃古板，眼神时刻审视着各处，好像处处充满着不信任。儿子看上去大约十三四岁，低头玩着手机，一副事不关己高高挂起的样子。

Daniel 从不挑客户，有时越是难待候的客户，反而成交率越高。越是一脸随和的，最后都客气地跟你不了了之了。

他耐心地对王太太讲解："圣玛力诺俗称小贝弗里山，53.5%亚裔人口，家庭年收入中位数 15 万美元。房子多建于 20 世纪 20 - 50 年代，地大、房子设计感强是这里两个最大特点……"

还未说完，王太太打断 Daniel 道："你说的这些我不关心，我只想知道学区怎么样？"

Daniel 停顿一下继续说："学区房历来保值升值，这点中美一样。圣马力诺有两所小学，一所初中，一所高中。高中 API 排名多年加州第一。附近还有著名的牛校加州理工。小弟弟如果这个时候来美国最最合适，可以先念一年 8 年级适应一下语言。美国孩子笨，明年咱们上了高中一下子就是学霸。"

小男孩儿也不抬头，听到这话时突然冒了一句："我在中国也是学霸。"

Daniel 被噎了一下，马上又把话接上："学霸好啊！学霸最讨女孩儿喜欢。这边年轻人婚前平均有 10—15 个性伴侣。小弟弟，欢迎你来到自由世界。"

王太太使劲咳嗽了一声。这个卖房子的什么素质，她不屑地瞪了他一眼。

Daniel 尴尬地一笑："呵呵，入乡就要随俗。对了，给您张名片，Doctor 吴，我介绍的打八折。我建议您带小弟弟趁着生活丰富前去打个 hpv 疫苗，内地香港好多人专门来打。"

这话彻底把王太太激怒了，她使劲皱着眉，瞪视着 Daniel。可又不知该骂他什么好，一时语结。

Daniel 趁机把名片放在王太太包上，礼貌地说了一句："野蛮生长，安全第一。"

王太太气得立刻想转身走人，这时 Daniel 马上换了副面孔，语气温柔道："王太太，您别急，接下来我还想领您去看另一套新房子。这套房子刚出来，绝对是第一手房源。今天您不去，没准就被别人占去了。不如我马上带您去看看，多一次看房，就是多一次选择机会啊。"

王太太被他这么一说，倒也没脾气了。

Daniel 开车把他们带到一处挂着 "open house" 牌子的房子前。绅士般地拉开车门，领着这对母子走进房子，边走边介绍说："这房子真的是刚刚出来，所以没在今天给您准备的看房名单上。我也是第一次来。"

推开门，这房子的格局和前面几处都不同，布置得很中国化但又不显得沉闷，家的温馨感扑面而来。客厅一角是壁炉，边上是书房，也布置得古香古色。

这房子令 Daniel 眼前一亮，他认真地四下转了转。转到门口时，他拿起了一张房屋售卖宣传资料看起来。这房子的经纪人是一位混血女性，叫 Alice Yuang。Daniel 意外地睁圆了眼睛，看着资料不禁有些走神。

这时王太太也转了一圈，看那表情似乎是比较满意。她对儿子说："浩浩，这房子看着还不错，你觉得呢？"

浩浩还是低头玩着手机，应付了一句："随便。"

王太太一看儿子这态度，只得转身对 Daniel 说："大牛，我能上楼去看看吗？"

Daniel 拿着宣传单还在愣神，听到王太太的声音才回过神来，忙接口说："哦，当然，当然，没问题。"

王太太径直走上二楼。浩浩只顾自己窝在沙发上玩手机，头始终没抬过。

Daniel 来到了后院，没想到后院比前院还要大。从布局看，这房子还真是不错。房产经纪人遇到好房子，两眼都会发出光来。他东瞧瞧西看看，又四处敲了敲，一听都是厚重的木头声音。他又打开空调试了试，脸上又浮现出一堆疑问。房子确实不错，但问题也不少，里里外外都需要好好改造。

Daniel 回到客厅，却发现浩浩已不在沙发上了。这下他急了，怎么这孩子说没就没了。赶紧跑到回廊处，发现他正认真地看着墙上贴的一些家庭照片。Daniel 这才松了一口气，慢慢走了过去。

墙上是几个孩子的毕业照，还有一些奖状，其中还夹杂了一些摩托车的招贴画和家里人的合影。看样子是个温馨和睦的家庭。

"怎么，小伙子也喜欢摩托车？"见浩浩一直盯着摩托车看，Daniel 便问道。

浩浩答了一句："mv agusta 3 cylinder 500。"

Daniel 有些意外："厉害啊！giacomo agostini，摩托 gp 史上的传奇。1966 年到 1972 年 8 届 moto gp 总冠军。"

浩浩轻蔑地看 Daniel 一眼："还有 1975 年。"说完便不屑地走开了。

Daniel 追了上去，正要再和浩浩说两句，王太太从楼上走了下来。浩浩立刻不说话了，又窝到沙发上埋头玩手机。

王太太环顾四周道："大牛，我觉得这套房子不错，我看楼上照片里，几个孩子各个都挺有出息的，不是律师就是医生，最小的那个还真是加州理工的。这房子风水应该对念书不错。"

Daniel 愣了一下："是吗？您这么看啊？"还很少有人把风水和念书结合在一起的。

王太太疑惑道："怎么了？"

Daniel 直言道："要从我的角度，我不会推荐这套房子。"

王太太皱眉道："为什么？"

Daniel 拉着母亲走到屋角，指着地上一些类似细木屑的东西说："您看这——"随即他又敲了敲墙，"您听——"

王太太还是满脸迷惑。这个大牛到底是什么意思？

Daniel 只好说出两字："白蚁。"

王太太跟着重复一句："白蚁？"

Daniel 解释道："对，这房子从外面看，看不出来，但是里面已经被白蚁蛀烂了，刚才我敲了敲，你能听见都是空心的。"

母亲疑惑地敲了敲墙，说道："我怎么没听出来。"

"您要是听得出来，我这十年经纪人不是白干了。来，您再看这个——"说着 Daniel 打开了空调，示意王太太伸手到通风口去试试。

"不热吧？老房子原来都没有空调，这是后加的，但是看样子也十多年了，现在完全不能工作了，就算加州四季如春，冬天夏天总有一个月半个月是很冷很热的。换一套几乎要把房子拆一半，估计没有个十万也得七八万美金，这还不算工时……"

王太太听着眉头越皱越深，最后说了一句："这里这么多道道，你要是不说我还真是不知道。"

Daniel 点了一下头，面露得色。他的小算盘早在肚子里打好了。

三人从房子里走出来，Daniel 边走边补充说："洛杉矶好房子多的是，不怕您挑不出来，附近的 Acadia，远点的钻石吧，或者橙县的 Irvine 都是非常好的学区。我这两天再整理几套合适的房子带你们看看。我大牛的服务宗旨就是让你们买到最满意、最舒服的房子。"

王太太感激地说："那真是太好了！谢谢你了，大牛。"

Daniel 得意地笑笑："我送你们回酒店吧。"

王太太反倒不好意思了："不用了，我们想在附近转转，看看环境，晚点有朋友来接我们。这一天，可把你给累坏了，这天又不好。"

"这都是我应该做的。"Daniel 客气地回了一句，目送她们母子二人离开。这时，Daniel 才又重新拿起手中的售房宣传页，若有所思地紧盯着上面的照片，目光久久不能移开……

这个 Alice Yuang，Daniel 当然认识。而且还不只认识，他们还曾经睡过一张床。

Alice 跟 Daniel 是同事，Daniel 做房产经纪早，资历也深，还是他带着 Alice 出道的。

Alice 混血长相，漂亮性感，两人每天同进同出的，再加上 Alice 对他又主动，两人自然也就走在了一起。再到后来，两人成了 MOVE IN 的关系，Daniel 搬到了 Alice 家，也是想认真地发展这段感情。不想三天后，Daniel 就逃走了。当两人想确定一种长久的稳定的认真的情侣关系时，他又躲了。内心的那堵墙又封闭起来，他以为墙上的那扇门快要打开了，他甚至已经搬进了 Alice 的家，没想到三天后那扇门便自动关闭了。他不知道怎么跟 Alice 解释，如果他把那堵墙抬出来做借口，Alice 一定会骂他神经病。索性他就逃了，因为他自己都不知道那扇门是怎么关闭的。

Alice 气疯了，第二天便辞职了。同居关系结束了，同事关系也无法维系。与其见面大眼瞪小眼地尴尬，还不如眼不见心为净。

Alice 曾总结过 Daniel 对女人有三不原则："不主动，不拒绝，不负责。"Daniel 对此有异议，但想替自己辩解，似乎又有点心虚。Alice 曾多次劝他把三不原则改成："不抛弃，不放弃，不逃避。"Daniel 就是不接招，所谓不接招就是不表态。不表态既可以理解为默认，也可以理解为不理。这种不置可否的态度直叫人抓狂，Alice 拿他一点儿办法都没有。

现在回想这些点滴，Daniel 确实也觉得自己有点欺负人。分手时，当他又要抬出"婚姻恐惧症"做借口时，Alice 倒先他一步离职了。之后他认识了 Maggie，又是一段翻云覆雨，至今还没有处理妥帖。

跟 Alice 的这件往事本已是过去式，但偏偏两人是同行，因为同一所房子又撞到了一起，还真是冤家路窄啊。而且这房子签的是独家代理，他只有从 Alice 那儿要回独家代理权，这房子才能归他处理。所以跟 Alice 见面是避无可避的事。

但现在以他和 Alice 的关系，转让代理权的事几乎是不可能完成的任务。男女关系处理不好，还真是连工作都会受到牵连。这事对 Daniel 来说绝对是个教训。

处理男女关系向来是他的弱项。与 Alice 的关系他就没处理好，一走了之的行为他自己也唾弃。年长几岁后，他也明白不辞而别的事真的不能再干，可究竟该如何既无伤又环保地调解这种关系，他始终还没研究出很好的方法。

那么接下来，他该怎么做？这对他来说还真是个难题。

曾有人专门研究过解压排毒的问题。当你压力积累到一定程度，当你情绪坏到一定程度，当你有火无处撒的时候，运动确实是最好的排毒方法。

Alice Yuang 下班直奔健身房。最近这段屡有不顺，销售成绩一路下滑。三个月了，手上的房子一套也没卖出去，是该找个方式发泄一下了。跑步机上的她健步如飞，跑了半个钟头，已满头是汗。她放慢了速度，拿毛巾一点点擦试着。那性感火辣的身材早已吸引了周遭一片的眼神。这些眼神中竟然还多了一个Daniel。

Daniel 径直走上前去搭讪，那自信的样子惹得周围的男人都不敢相信。

当然，只有 Daniel 自己清楚这不叫搭讪，这叫叙旧。

他开口便说："我一客户看上你代理的那套学区房了。"

Alice 看到他先是诧异，旋即又冷静下来，轻描淡写地回道："看上的人多了，你的客户又不是天王老子。"

毕竟几年过去了，对 Daniel 悬着的那颗心也早放了下来。刚开始对他的一走了之，当然是满满的恨，时间一长，恨倒也谈不上了。感情不是酒，越放越醇厚，它只会越放越淡。

Daniel 并不理会 Alice 的态度，来之前他已将各种可能做了演练，必须做到胸有成竹。他马上面带笑容地说："这房子我了解过，前后换了五茬经纪人，你是第六个。三个月里你前后带了不下 30 拨客人来看房，房东都不同意。我不接，担心你会砸手里。你让给我做代理，成交后佣金咱俩一人一半。"

Alice 讥笑道："你果然是成功的经纪人，这么有经验还这么好心，我简直不敢相信。"

Daniel 正色道："我一个客户看上这房子了，我想帮人家搞定。"

Alice 不屑道："真够自信的！你以为你能搞定?!"

做房产经纪人一要脸皮厚，二要永远保持笑容，三要足够自信。这几点 Daniel 全不在话下。

Daniel 一本正经道："和人打交道，我比你有经验。我听说你带客人房东不是嫌孩子小就是嫌孩子大，家里人多不行，人少也不行。我是为你好！Alice，把时间都搭在这一套房子上，不值得。"

Alice 从跑步机上走了下来："你怎么突然变成天使了，开始为我的人生操心了？"

如果 Daniel 真的这么好心，当初怎么会抛下她，连句话都没留。一想到这儿，Alice 还是有气。

Daniel 面露尴尬道："就算我在你心里是个人渣，我也可以盼着你过得好吧！"说完又露出招牌笑容。来之前他就告诉自己，不管她是什么态度，自己必须全盘接受。谁让他对这套房子志在必得，更何况他对 Alice 错在先。

Alice 微愠道："我知道你对我好，你做过对我最好的事，就是当年你搬来我家三天，然后不告而别。"说完她决绝地转身离开，不再给 Daniel 说话的机会。这个心结永远存在，即使过去多年，它依然在那里。

愣在原地，Daniel 无言地望着她的背影。往事一股脑地蹿生出来。

是的，他错在先，而且至今还有愧疚，所以他今天主动负荆请罪，没想到还是碰了一鼻子灰。但他是大牛，金牌经纪人，任何困难都难不倒他。不然他那句"买房找大牛，牛气冲天"的口号不是白喊了。况且 Alice 是他带出道的，又是他的前女友，这个对手他知根知底。再说，女人都是水做的，哪有攻克不下的道理。

经过一翻梳理之后，他又制定了新一轮的负荆请罪政策，当然不光有政策，他还想好了对策。政策与对策两手都要抓，两手都要硬，软硬兼施，双管齐下，不信这套房子他拿不下来！

Chapter 7

【人生的机会就那么几步，赶不上就错过】

  房产经纪人对房子志在必得，那么，赌场公关自然对赌局志在必得。只是二者又有本质的不同。房子靠吆喝、靠三寸不烂之舌总还有成交的把握，赌局可是变幻莫测，智商再高，也敌不过运气作祟。

  深夜时分，MGM 赌场稍显冷清。凌姐的台上竟然落寞到一个客人都没有。

  姣爷无聊地一屁股坐过来。看来大家都赌得差不多了，该赔的也都赔光了。

  运气这个东西最神奇，来的时候，你往往没做好准备；走的时候，速度那叫快，连个招呼都不打，最不近人情了。

凌姐看她那副没精打彩的样子便问："今天你的邓先生又输了？"

"人家根本就没来，真没劲，都是你那本破书闹的！"姣爷翻了个白眼。在她心中"书"就是"输"，太不吉利了。

"书中自有黄金屋，我告诉你啊——"

凌姐还没说完，姣爷立刻替她补上："不敢扔，亲妈！我找个好地儿给它供起来！"

旁边21点桌前突然围了好多人。那场面倒越来越热闹，姣爷忙问："那边是什么情况？"

"人家手气好，1万的本，赢了快20万了。"

姣爷睁大眼睛道："啊，不会是出千吧？"

凌姐摇摇头道："看着不像。"

姣爷叹道："鸿运当头啊，还不跟着下两把？"

凌姐剜她一眼："都跟你说戒了，你又忍不住，要下你下去，少跟点，他运气快到头了"。

"有钱不赚，下辈子还当鸽子！"姣爷立刻起身凑了过去。

好不容易挤进吵闹的人群，头发都快被扯掉了。姣爷顾不得这些，赶紧看牌。

只见赌客出了一对K，姣爷赶紧跟着押。这种手气好的人一定要跟，不然运气错过了可就没得赚了。

开牌后赌客果然20点赢了，立刻收筹码。

趁胜追击，赌客再出一对J，再抽一张牌A，直接21点。

大家啧啧一片，不住地赞叹。

这个赌客还真有两下子，姣爷不得不刮目相看。上下一扫，此人跟姣爷差不多年纪，书生气，长相清秀，外表很吸引人。这一打量不要紧，吓了她一跳，随即吃惊得说不出话来。

片刻，她脱口而出道："郑义！"

郑义回头，一个长发飘飘、气质出众的姑娘正冲他腼腆地笑。

那个漫长的对望里他也呆住了。一时又不能确定她是谁，就这么愣愣地望着。

姣爷怔怔地看着郑义，那眼神真有些迷恋。他似乎比以前还要英俊，器宇轩昂，玉树临风，一举一动都那么引人注目。

想起高中时代，郑义可是最牛的"学霸"。她依然记得多年前郑义获得奥林匹克数学竞赛一等奖走上主席台领奖的那一幕。那时她看郑义就是这种迷恋的眼神。年少时初初悸动的心情应该就是初恋吧，或者叫暗恋更为贴切，从始至终她也没敢表白一句。

自从跟老爸来到澳门之后，她的学业戛然而止，她以为正好可以躲过没完没了的考试，她知道自己不是读书的料。可真正到了澳门，跟老爸进了赌场，等所有对澳门的想望、新鲜感化为赌债时，她才知道曾经的那个学生时代是多么令人向往和怀念。如果人生可以重新来过，她一定会像郑义那样做个好学生，即使成绩不好，也踏实地把学业完成。对于骨子里缺的那些读书细胞，她也不指望从"学霸"身上找回来，可是那种对"学霸"的崇拜感就这样根深蒂固地留在了心里。

没想到时间一晃这几年，他们竟能在赌场遇上。

好一会儿，郑义才面带惊喜地恍然道："你是焦姣吧！如果我没记错的话。"他没想到能在这样的场合碰到阿姣。

果然他还记得，姣爷面上掠过一丝红晕，笑得像朵明媚的花。

郑义面露兴奋道："毕业这么多年，没想到你还记得我。"

"我可就认识你一个保送北大数学系的学霸，忘了谁也不能忘了你。你一点儿没变，比原来更成熟了。"说着姣爷有点羞怯地笑了，"郑义，你也太过分了，考场上赢完我们，赌场上还要赢？简直不放我们凡人一条生路啊！"

郑义大笑："你过得怎么样？我记得你提前退学了，后来去哪儿了？"

姣爷换了种语气："这个啊……我跟我爸移居到了澳门。你居然还记得我提前退学这事？"面上又是一喜。

边说她脑中已闪回到多年前的那一天：少年姣爷收拾书包走出教室，父亲就站在外面走廊等她，大家都在安静地考试写卷子，唯独郑义看向窗外，冲她微笑。甚至她从这个微笑里看到了一种微妙的情愫——这情愫里有喜欢，她再懵懂也能鲜明地感觉到。她永远记得那个微笑，那是她一辈子的珍藏。没想到多少年之后，她居然还能亲眼见到这个久违的微笑。

郑义有点羞涩地点点头："你退学那天，我好像得个什么奖，奖没记住，但就记住了你退学这件事。"

姣爷骇笑："你得了那么多奖，能记住才怪呢。"

在她印象中，郑义永远在主席台上和校长并肩而坐，不是领奖，就是演讲。当她第一次在电视里看到郑义出现在电视新闻中，代表全市优秀中学生和美国总统握手的画面时，她都快疯了，那尖叫声到现在犹在耳边。郑义对学生时代的她来说，神一样地存在，简直就是最牛的偶像，没有之一。

郑义仔细睨着姣爷说："你和上学时候不太一样了。"

"怎么不一样了？"姣爷的回忆被打断，面上一热，心里又开始发虚。是啊，当然不一样了，现在她在赌场混，能一样吗？

本以为郑义一定会点破这一点，没想到他竟有点羞赧地说："你变得——颜值函数上升到极大值了。"

姣爷欢快地一笑："怨不得你运气好，这么会说话，财神爷都被你贿赂了。"

这时郑义表情一敛道："我们不是走运，其实，刚才我们团队在算牌。所有的选择都是经过数理统计的精算结果，要考虑随机变量和概率分布……"

"别逗了。"姣爷不置信地看着他，觉得很好笑。

郑义有些书生气地说："真的，你看过《决战21点》吧？"

姣爷点点头。都说21点是赌场里最可能赢钱的游戏，也是唯一相对公平的游戏。听说只要会计算找到最佳玩法，胜率能高达49%。但姣爷向来数学不好，她实在算不过来，再说49%胜率对她来说也不是十拿九稳。21点她一直不太敢挑战。

"和电影里用的方法一样，计量分析和概率学，还有心算、记牌。"

郑义说得越认真，姣爷越想笑："少来！我读书少你别骗我，电影里不都是假的吗？"

郑义认真道："只要找对方法，49%的胜率是没问题的，当然那2%的劣势我们一直也在研究，基本上也能扳回来。最佳玩法不过是三个矩阵，只要记下来就可以。21点并不复杂，只要找出最佳要牌策略，胜率能达到49%。专门有一个最优方案的表格，能把所有的情况都算出来。"

"真的?!"姣爷不可思议地看着学生时代的偶像。这话从别人嘴里说出来，她会觉得是天方夜谭，可是郑义这么说，心里已信了一半。

郑义接着说："当然还得经过公式计算，在有利时赌大一点，不利时赌小一点，得不停变换赌注。另外你还得会记牌，有一种记牌方法叫高低法，这个我也研究过了，也很简单，只要记住那个真正值的公式，心算出来，就能赚大钱！"

"真能赢吗？"姣爷又重复了一句，面上已喜得柳眉桃眼不胜春了。

"要想赢钱，最主要的窍门还得团队合作，一旦发现哪张赌台牌局很热，就会发信号暗示给同伴来下大注。其他人继续保持小赌注。团队合作模式最容易赢大钱，而且还不会引起赌场的怀疑。这种模式也就是电影《决战21点》的模式。我这次也带团队过来了。上个月我们在济州岛10万翻了15倍。如果不是本金太少，结果会更好！"

"真的，太棒了！"姣爷的眼神已从崇拜到膜拜了。

郑义肯定地点点头。那自信又认真的神情真叫人恨不得马上嫁他。姣爷内心早已翻江倒海，表面还得努力克制住。

郑义接着说："电影《决战21点》里那个天才真有其人，原名叫马凯文，美籍华人。在麻省理工参加过21点研究小组。靠'英特尔芯片'级别的心算能力算牌，赢遍美国大小赌场。他的算牌方式我也研究过，论数字能力，我不在他之下。道理很简单，就是记住你手上有多少大牌多少小牌，如果桌上只有小点数牌，说明大点数牌还没开出，你比庄家就占上风。当你计算出你占上风机会大的时候，就下重注。一共324张牌，用心点不难记。"

姣爷跟着点头，可这么神奇的事她还是有点摸不着头脑，郑义索性带她亲自下注。

赌桌上的郑义颇具领导风范，镇定地指挥现场团队的每个人，那神秘的手势及暗语，简直同电影里如出一辙，姣爷都快看傻了。

他带着姣爷在赌场内随机下注，结果把把都赢。

每次下注时姣爷都紧张得不行，结果每次必赢，太神奇了！姣爷崇拜地看郑义将一批筹码收入囊中，喜不自胜。她抱着筹码，就这么无限崇拜地看着昔日"学霸"，完全被他的魅力倾倒。

"太牛掰啦！"姣爷张着嘴，好半天才冒出这一句。

回到凌姐家已是深夜，可姣爷躺在床上翻来覆去，完全无法入睡了。

郑义下注的样子太帅了，还有他说的方法，太神奇了，她一时都消化不了。

就这么睁着眼睛熬到天蒙蒙亮。

已有微光透过窗帘的缝隙投进来。斗争了一晚上，她终于得出这样一个结论：

"管他谁说过，人生的机会就那么几步，赶不上就错过了。"

她不想错过，终于一个翻身，姣爷坐了起来。接着她抓起电话就拨了过去，电话接通后，她马上说："三哥吗？我焦姣啊，晚上我想签50万，不，100万的码。"

三哥一听是姣爷，倒也没犹豫，痛快签她了。

打完电话，她一跃跳起，浑身充满斗志。

在澳门有一类专门为赌徒投资的"好心人"，又称"赌场捐客"，只要你喜欢赌，只要你愿意加注，即使你是个穷光蛋，也有人会源源不断地为你垫付筹码。在澳门，这类"好心人"被称为"沓码仔"。这些"沓码仔"专门到世界各地为赌场物色大赌客，然后收取赌场佣金，抽水。"沓码仔"不光是澳门有，凡是有赌场的地方，"沓码仔"都会受欢迎。一位在美国拉斯维加斯赌场当"沓码仔"的华人透露，这一行的竞争非常激烈，你拉不住大赌客，就会被别的"沓码仔"抢去，谁手中的大赌客越多，生意当然就越好做。

他们会根据赌客的信用等级，不需要现金，而直接向赌客提供相应金额的筹码，最后不管输赢，每一笔下注都要抽取1%的佣金。赌客玩的时间越长，下注的次数、出进的数越多，抽取的佣金也就越多。当然如果你手头没有大赌客的话，赌场也不会让你洗码的。有些赌场公关如果认识的大赌客多，同样也可以做洗码，赚取佣金。尤其是做了多年的公关之后，手上的大赌客资源一多，做洗码是稳赚不赔的，总好过自己亲自上赌桌，被人打打杀杀。把全部精力都放在赌上，只有一个"死"字。聪明点的公关就会增加下注次数，来增加洗码的收入。所以姣爷练就了火眼金睛就是为了寻找大赌客，小费加佣金可以算是赌场最稳定的收入。只是这点钱跟翻倍的赌资相比，当然不值一提，所以那些总想日进斗金、一蹴而就的人难免要栽些跟头。这些道理姣爷都门清，她没有赌瘾，只是谁让她今天碰到"赌神"郑义了，无论如何她都要拼一把。

签码不同于高利贷，没有高额的利息，借多少还多少。但肯定要抽水，有的一两个点，高的也有五个点。有些私人赌厅，"沓码仔"不光组织客人赌台面，还有的赌台底。桌面是客人跟赌场赌，底下是有一些人跟客人赌。同样是在对赌，台底会比桌面放大好多倍，一拖三、一拖四的都有。做台底，"叠码仔"抽水更多。能签出码的一般在这个圈子里多少有点身份地位。三哥便是姣爷认识的"叠码仔"。

虽说姣爷不是什么大赌客，但凭她在赌场的地位和信用，签码对她来说亦不是难事。她跟三哥打交道可不是一年两年，能签出 100 万也是三哥给姣爷的面子。

只是以前姣爷最多也就签过 50 万，这次她显然有些用力过猛，100 万对她来说可不是小数目，但有"赌神"郑义在，她这次豁出去要赌一把。光靠那点小费，哪够活命的。

临出门前，她还不忘到门前拜拜神，保佑她一切顺利。

趁凌姐不在家，她赶紧跑了。

到了 MGM 赌场柜台，姣爷郑重地把一叠如同 iphone 手机大小的筹码递给郑义，五官一敛道："知识就是力量！我信你，学霸！"

能被保送北大数学系的高才生，在姣爷心中就是神。在澳门闯荡多年，已没有多少人能让她如此信任了。可眼前的这个"学霸"是郑义，她心悦诚服地信他。

嘴上虽这么说，可姣爷心里多少有些打鼓，这 100 万不是小数目，好歹也是她咬牙借的，可不能有任何闪失啊。

郑义郑重地接过筹码说："相信我，相信我们的团队，必胜！"

随即，郑义带着他的团队和姣爷，一起进入贵宾厅。那音乐一起，完全是香港电影《赌神》的架势，见惯大场面的姣爷愣是被震慑到了。

坐到赌台上，郑义悄声对姣爷说："其实精算牌面只能提高

3%的胜率。"

姣爷一惊："不是百分百吗?"

郑义轻描淡写道："哪可能做到百分百? 一寸长一寸强, 3% 的胜率就足够以让所有赌场闻风丧胆了。"

姣爷吐了吐舌头, 总算放下心来。

这一把若是赢了, 至少凌姐不用做得那么辛苦了。她要让凌姐过上好日子, 这是焦大走时, 她发过誓的。

凌姐是老爸的救命恩人, 两人相爱了一场, 焦大什么也没给过她。当年姣爷拿着连庄 21 把的钱把老爸救回来时, 本以为一家人可以过上好日子了, 谁知道老爸突然就这么走了, 留下她和凌姐两人苦苦地挨到今天。

也许今天之后就不一样了, 翻身的日子马上就要来了! 想到这儿, 姣爷士气大振, 屏气凝神, 死命地盯着牌桌……

Chapter 8

【天哪，这书居然又回来了】

女人的软肋是什么？

——就是她在接受男人的道歉时硬不下心来。

有的硬了一次，第二次、第三次，终还是在男人的软磨硬泡中妥协了。

Daniel 深知这一点，既然有软肋，为什么不轻轻捏一下呢？

自从那天被 Alice 呛了一鼻子灰之后，Daniel 灰头土脸地走了。他了解 Alice 的脾气，这姑娘是刀子嘴豆腐心。别看她嘴上不饶人，内心并非强硬派。况且她有软肋。

基于这点把握，他准备再厚着脸皮去道歉，以他卖房子的三寸不烂之舌，他不信攻不下 Alice 这座冰山。

果然，Daniel 经过数次不懈的努力，动之以情，晓之以理，精神动员外加物质援助，终于把 Alice 说服了。不管 Alice 是烦不胜烦最终妥协，还是她心甘情愿投桃报李，总之这套房子的代理权他是成功拿下了。

当然，这才只是 Daniel 计划的第一步。第二步必须要对房子进行改造。房子要想卖出高价，绝不容许出现瑕疵。这套房子的优势他心知肚明，不进行改造怎么赚大钱。

第二天，他就直奔那套老房子去了。

院里，一对八十多岁的中国老夫妇穿着长长厚厚的浴袍坐在门廊下的太阳地里正打盹。Daniel 上前看了看，俩人好似也没有要醒的意思。想了想，他干脆领着工人直接进来了。

四五个扛着各种工具的外国工人陆续从老夫妇身边走过，Daniel 不时用英语指挥着，一一交代空调、煤气、下水道如何改造，连白蚁怎么处置，他都仔细嘱咐好。那指手画脚的架势俨然一个动作夸张的篮球教练。

工人们听后纷纷点头。Daniel 最后还不忘加了几句鼓励，这就开工了。

这时动静渐渐大起来，坐在太阳下打盹的奶奶终于睁开了眼，疑惑地看着这些工人，又悄悄捅了捅旁边的爷爷。

爷爷睁开眼看见这些陌生人在屋里屋外出出进进也吓了一跳，刚要发作，Daniel 立即笑容可掬地迎了上去。

Daniel 热情地说："爷爷奶奶好，我是大牛。之前您那个经纪人 Alice 跟您介绍过我，她不做了，这房子现在由我帮您代理。"

爷爷看看他，又看看那些工人，仍没搞清楚什么状况。

Daniel 继续解释说："哦，是这样，我上回来看过您这套房子，房子非常好，但仍有一些小问题。这些问题可能会影响您这套房子的出售，所以我今天特意安排工人过来处理一下。您卖不卖、啥时候卖是一回事，就算不卖改造一下爷爷奶奶也得住舒服，是不是?"

奶奶听完这话，五官立刻舒展开了："谢谢哦，小伙子，我去给你们倒茶。"

她刚要起身却被爷爷用严肃的眼神制止住，显然这个家爷爷做主。

爷爷严厉地看着 Daniel，表现出满脸的不信任。

Daniel 赶紧拿出名片、杂志广告、执照证书等资料递过去："哦，爷爷，您看，这就是我。我叫大牛。原来是北京人，十四岁来美国念书，大学学的会计。干了几年会计觉得没意思，就做了房产经纪人，现在也做了快十年了。当然，我这都拿不上台面，跟您几个儿女又是律师又是医生什么的没法比。您看，这是我的奖状，加州房地产销售前十，这还有……"

还未说完，这时一个墨西哥工人过来用西班牙语问 Daniel："空调修好了，小问题，可以换一个过滤网，要换吗?"

Daniel 用西班牙语回答："当然，我说的是全部搞好，当然换。"

墨西哥工人马上说："大概需要……"他是想把钱数明确地报出来。

不想 Daniel 立刻摆摆手道："别跟我说钱，去换就是了……"

墨西哥人点了点头，悻悻离开。

这时，爷爷终于说了第一句话："你会说西班牙语？"

"是啊，高中选修过一年，后来帮客人买房子卖房子，总会有修修补补，跟他们老墨打交道多，就又自学了点。"Daniel 稍微带出了点得意的神色。

爷爷点点头，眉头终于舒展开："嗯，我孙子也会西班牙语。"然后又转头对老伴儿说，"还不快去倒茶。对了，年轻人，你贵姓？"

Daniel 见状，知道已快大功告成，立刻咧嘴笑道："我叫大牛，我的口号就是：'买房找大牛，牛气冲天。'"

大伙一阵哄笑，那气氛融洽得好似一家人。

处理完房子改造的事，Daniel 志得意满地吹着口哨回到了公司。

公司依然亮着灯，居然有人比他还敬业。

他直奔自己的办公桌，一堆文件还要处理，他也顾不得谁比他敬业了。

办公桌上堆满了信，还有一些留言条，再加上 Daniel 常年摆在桌面上的各种销售奖杯奖状，可谓一片狼藉。

这些销售奖杯奖状可是他的命根子，桌上再乱，也得摆上去，这显然是他引以为豪的资本。

喝了口水，Daniel 开始处理桌上的留言条和信，有的看完留下，有的直接扔了。刚扔了两封信，忽然旁边有隐隐的哭声传来。

Daniel 忙抬头起身，环顾四周，这才注意到隔他两个位置的办公桌前卫斯理正一边看手机视频一边在哭。

这是什么情况？Daniel 疑惑地探身过去："嘿，你怎么了？"

卫斯理回过头来，蓝眼睛里饱含热泪，脸上却露出幸福的笑："她终于答应我的求婚了！你看，她当着那么多人的面答应的，肯定不能反悔！"

说着，卫斯理把手机递给 Daniel，只见视频里是一场篮球比赛的现场。大屏幕上打出各种英文：我爱你，我需要你，你是我生命的意义，你是我人生的方向……不一会儿，卫斯理出现了，他大声喊道："嫁给我好吗？"镜头扫过观众，停在一个美丽的女孩儿身上，那女孩儿惊讶无比，喜极而泣，最后激动地点了点头……

Daniel 看完有种说不出的滋味，说没感觉也不可能，但说是感动也谈不上，这种场面他电视里见得太多了。他把手机还给卫斯理，笑道："wow，恭喜你！"

卫斯理抹着眼泪说："我要给她一个最棒的蜜月旅行，可惜我还没攒够钱。"

Daniel 眼睛一转："嘿，我正有个工作给你。"

说着，Daniel 开始在自己桌上翻找东西，不想却翻出一个大信封，信封上是漂亮的手写花体英文。

他正疑惑这里面装的是什么，卫斯理着急地问："喂，你说什么工作给我？"

Daniel 连忙放下东西，继续找，随后终于找到了那几张图纸，交给卫斯理："这是一个房子的资料，我打算翻建，你看看有什么想法？"

翻建这事 Daniel 必须要找一个合作伙伴，思来想去，他觉得卫斯理最合适。老外简单，直线思绪，不像中国人主意多。只要跟他交待好，基本出不了什么差池。

卫斯理接过图纸，自信道："OK，没问题！下周给你。"说完开心地走了，对于一个马上要筹办婚礼的人来说，再没比接到新单子更开心的了。钱啊，直接决定婚礼的规模，男人都是要面子的。

卫斯理走后，Daniel不禁又拿起那个手写的花体信封端详起来，这是什么时候寄来的，掂起来还有点沉，像是一本书。他好奇地拆开来一看，果然是一本书——《查令十字街84号》。

看到这几个中文字，他的头立刻大了，天哪，这书居然又回来了！竟然还是中文版的。这书还有中文版？而且还这么阴魂不散地跟着他！

信里还有张字条：

"书神，这儿不适合您，您从哪来回哪去吧，一路顺风。"

什么乱七八糟的，神经病吧！

这书给他带来的郁闷记忆又一股脑地涌出来。他一气之下将这本书扔进了垃圾桶。

可想了一下，他又觉得哪儿不对劲，又把那书从垃圾桶里捡了回来。

这书到底是谁寄过来的，而且偏偏寄给我？到底是谁这么缺德？

想了想，他果断地找出纸笔，他还有怨气要发呢！

Chapter 9

【不以滚床单为目的的搭讪都是耍流氓】

都说女人的直觉是最准的。

这还真的要分对什么人、什么事。

比如女人对老公找小三的直觉，或者女人对男人喜不喜欢她的直觉那都是相当准的。

但放到赌场上，即使她是眼光毒辣的姣爷，她的直觉也未必准到哪里去。

就像这次她把宝押在郑义身上，一掷百万，那绝对是一次奢侈的冒险。

MGM 赌台上时不时发出一阵阵遗憾的嘘声。看得出姣爷和郑义他们并不如预期的那么顺利。

100 万的筹码开始回落。郑义握着牌，眼睛已开始冒金星。

他拿到 10，8，18 点，庄就 JK，20 点；他拿到 JK，20 点，庄家直接 AQ，21 点；他拿到 6，8，14 点，再要牌就直接打爆；接着 18 点输，20 点还是输……一直连着杀了十几手，不是直接爆牌，就是被庄家吃掉。之前那些公式、矩阵、心算全都见鬼去了。这时的筹码已输掉了一半了。

姣爷皱着眉头，时不时瞥一眼郑义，心里完全没底。100 万眼见着只剩 50 万了。而郑义也已经满头大汗，他扯扯衣领，凌乱地抹着额头的汗，完全一副不冷静的样子。

推了一把 10 万，输；又推一把 8 万，输；再推一把 6 万，还是输！

今天这是怎么了？手气这么差？之前所有的方法都研究透了，怎么实战时仍会失败？郑义脑子飞快转着，可越转他越乱。

姣爷在一旁无奈地摇摇头，她心中的"学霸"今天是怎么了？完全不在状态。

忽然郑义下了一大笔筹码，显然有点用力过猛。20 万一推，输；再推 10 万，又是输！

姣爷着急了，忙拉了一下他的袖子，劝他打稳点。眼看着桌上的筹码越来越少，急得五脏六肺都快要错位了。

荷官看了一下大汗淋漓的郑义，问他要不要休息一下，喝点东西？郑义坚决地摇了摇头，抹一把汗继续下注。

姣爷刚想制止，郑义又推了一把，果然一开盘又输了。他有点上头了，眼里充满杀气。

真正赢钱的人都是面色平和的，打到一脸杀气的时候，基本大势已去。

席间一片恼人的嘘声，围观的人一哄而散。

郑义见状急了，大手一挥，又急着要下剩余的筹码。这一次，姣爷果断地挡住他的手，冷静道："郑义，你学数学的应该知道，输了下小翻身的机会才大。你这么下，两局就会输光的。"

团队其余的人也纷纷点头。他们也看出郑义有些不冷静了，只是谁都不敢说。

不想这话却把郑义惹火了，他觉得有些没面子，怒气道："别跟我说数学，你懂什么数学！"

姣爷一愣，她这个偶像今天如此反常，简直有点失态了！一定是鬼上身了！姣爷看着桌上还剩的那一小堆筹码，心如刀割。

郑义说完不管不顾地立即下注，一把将筹码全推了上去，豁出去道："开吧——"所有的人眼睛都睁圆了，目光全集中在郑义身上。

开牌——

大家都屏住了呼吸。结果，郑义又输了！所有的人都如泄了气的皮球。姣爷气得脸都绿了……

凌晨时分，直至全部输光，众人才从赌场走了出来。一个个失魂落魄、灰头土脸，士气全无。

姣爷默默地走在最后，她的思绪全乱了，脑子一片空白。100万啊，就这么打水漂了！她和凌姐的幸福生活呢？

就这么沉默地走了好一会儿，郑义终于发声："之前说得多好，上了场都听我的。关键时候，必须按一个人的意思来。一个人胜率是50%，两个人呢，50%乘以50%，这么简单的道理你们都忘了吗？个个都在边上指手画脚的，我还怎么打?!"

那口气全是埋怨。

边上的搭档不干了，个子最高的那个抢先说："我们还说好输一半就撤出来，停一停呢！你做到了吗?!输了就失去理智，要不是输光，你还往里面继续扔钱呢！"

另一个瘦瘦的也愤怒道："所以我说根本不能赌这么大。本小好翻身，你看现在……100万说没就没了，你们说怎么办?!"

"怎么办？你们说啊！你们看我也没用！"

眼看着就要吵起来，姣爷不得不平息了一句："输赢是兵家常事，没事儿的，你们那么聪明，肯定能赢回来的。"她把希望都放在郑义身上，他是"赌神"，他一定有方法赢回来的。

"赢回来？说得容易。"郑义没好气地呛了姣爷一句。今天他发挥失常，太没面子了，只好迁怒于姣爷。

姣爷使劲忍住火，毕竟郑义是她儿时的偶像，不能凭一次输赢就给他一棒子打死。她缓和道："凭我的面子还能再签点码出来，别着急，我们明天再试试。谁都有失手的时候。"

跟三哥打交道多年，再去求他翻个本还是有机会的，她给自己打气。

郑义还是一腔怨气道："你那么大手笔，一下就签100万，你让我们怎么敢再冒险！万一再输呢？我堂堂北大毕业，怎么能跟那帮赌鬼一个德行？"

个子最高那个也跟着说："要不是那么多筹码，我们也不至于这么轻率！你干吗一下签那么多啊！谁叫你签那么多的！"一脸怒气全撒向了姣爷。

瘦瘦的那个也开始迁怒姣爷："100万啊，one million！这可不是一笔小数目！现全输光了，你说怎么办?!"

姣爷呆住了，竟然被几个大男人事后的相互推诿堵得哑口无言。这事怎么全赖到她头上了？

她侧身看着郑义，严肃道："郑义，这里面的人我只认识你，你说句公道话吧。"那眼神溢出满满的求助。

沉吟片刻，没想到郑义却说："那些码，是你签出来的，所以，按说和我们没什么关系……"

这话一出，姣爷怔愣住，那一刻，优秀"学霸"的英雄形象在她心中轰然倒塌。这就是那个她崇拜了多年的偶像！她无力地笑了，快把眼泪笑出来。

瘦瘦的那个也跟了一句："对啊，我们又没让你签100万，你之前为什么不跟我们商量商量，自作主张？"

郑义又补了一句："但是，我们会帮你还一部分的。"

姣爷收起苦笑，定睛看着郑义，半晌才说："那好，谢谢你了。"说完，决绝地转身离开。

背后那几个男人还在叽叽喳喳地彼此怨责着，她脑子里慢慢有了画面。画面中，郑义正透过窗户向她微笑。她羞涩地低下头，跟父亲快步走出了教室……

画面再接着一转，主席台上，学生们正拉起一条新的横幅"热烈祝贺我校郑义同学再夺全国奥数竞赛之冠"……

可惜，后面这幅画面，却是姣爷永远看不见的。因为看不见，于是在她脑子里构筑了一个完美的形象，而有多虚幻，却只有在让她疼痛不堪的那刹那才能知道。

全是儿时的画面疯狂地在脑中旋转，她头痛欲裂。

双腿突然无力地一软，她稳了一会儿，转身冲郑义说："我只问你一句。"

郑义冲她走近了两步，不咸不淡道："什么？"

"我转学的那天，你得了奥数一等奖的那天，我爸来接我走，大家都在考试，就你把头扭向窗外，我看到你冲我微笑，你记得吗？"

郑义模棱两可地摇摇头："我看到你爸来接你，没错，但我好像没看窗外吧？考试那么紧张。噢，你说奥数一等奖的那天，我想起来了，好像学校做了一个横幅挂在了窗外，你那天也看到了？"

姣爷凄怆地一笑，原来他是在看横幅，真是要多讽刺有多讽刺！自己还一厢情愿地理解为喜欢的微笑，真是白痴！

看到姣爷笑得这么恐怖，郑义有点发蒙，身后那几个男人也觉得莫名其妙。

她飞快转身骑上了那辆破旧的小摩托车，轰的一声，呼啸而过，将那些无聊的抱怨声、将那些已旧得发黄的画面全都抛在身后。

车速越飚越高，将她的眼泪无情地拂到耳际。暗恋的微笑竟然只是一个无聊的幻象，亏她还要一世珍藏。

再次穿过澳门西湾大桥，她还是那个面色忧伤的姣爷。对岸那片灯红酒绿正闪烁出迷离的光，一道道打在她脸上，火辣辣地疼。

暗恋戳破之后，偶像幻灭之后，那天是姣爷少女时代爱情记忆的完结。

她面朝大海，满腔的挫败感被海风吹得七零八落。100 万就这么瞬间没了，更令人伤心的是一段曾经温暖甜蜜的记忆也随之烟消云散。那种空落落的感觉让姣爷无以承受。

浑身疲惫地回到凌姐家，姣爷颓然地爬上阁楼。那脚步沉重得快把楼梯压塌了。

凌姐一见她便问："怎么样？"

姣爷摇摇头，没说话，此刻她一句话也说不出来。她没脸见凌姐。

默默走回房间，欲哭无泪。又欠了一屁股债，还是被儿时偶像带下沟的，这奇妙的、疯狂的、令人喷饭的、歇斯底里的人生啊，跟她开的什么玩笑！

凌姐看她那样子就知道肯定输得一分不剩，她气道："让你不要赌不要赌！你听吗？！"

姣爷把小阁楼的房门一关，直接瘫到床上，把自己缩成一团。她把脸埋进臂弯里，再也不想睁开眼睛。眼泪顺着手臂缓缓滑落。

凌姐冲着房门喊了一句："对了，有你封信——"

姣爷什么也听不见。她紧紧抱着自己，她该怎么办？那一刻，她满脑子都是老爸的影子。心里一个声音不停地念叨："老焦啊，老焦啊，我该怎么办，怎么办……"

不一会儿，COCO姐的声音跳出来："呵呵，尝到失败的滋味了吧，还说我鬼上身，我看你也鬼上身了吧？"

姣爷耳朵嗡嗡作响，脸颊阵阵发烫。是的，她才是鬼上身，梦想100万翻几番，如意算盘她可真会打。现在一了百了，她是不是也要从这阁楼跳下去？

凌姐的声音又传过来："你这样赌来赌去，输来输去，你是想让你这个亲妈过上好日子？！"

焦大也终于现身："阿姣，你可不能走我的老路啊！你不能丢下凌姐不管的，我对不起她，我也对不起你，我不是一个称职的老爸……"

句句索命，泪涔涔而下……

姣爷明白命运把她禁锢在那里，她不得翻身啊！

不知睡了多久，晨昏颠倒。蜷缩在床上的姣爷依然面色忧郁。

刚翻了个身，一个信封袋子从身上滚落。

姣爷疑惑地打开一看，是本英文书，还是个布面的。

她一脸震惊："靠，换成英文的了！鬼上身了！"

把袋子一抖，居然还有封信，她好奇地打开，这封信居然是写在餐巾纸上的，真够奇葩的！

有病吧，你们女人看这种不靠谱的爱情小说都神经了吧！靠，不以滚床单为目的的搭讪都是耍流氓。

姣爷看着信再看看书，想笑又觉得莫名其妙，完全不明所以。

她把信封拿过来和书比对了一下，上面的地址是"查令十字街84号"。

她哼笑一声，拿起笔便回敬道：

"你有病啊？你哪只眼睛看出我会英文？还给我寄本英文的回来?！我说今天这么背，原来输到家了。我告诉你，都给我滚远点儿！满脑子男盗女娼就想着约炮，知道怎么尊重女人吗?！丢人！简直斯文扫地！……"

"不以滚床单为目的的搭讪都是耍流氓。"这是什么狗屁话，姣爷碎碎念了一句，又把书一扔瘫倒在床上……

Chapter 10

【一夜滚床单的热闹，
可能换来一夜滚钉板的惨叫】

喜欢跟姣爷搭讪的男人基本都是大赌客。

姣爷并不觉得那是搭讪，她都理解为工作。寻找大赌客是她的工作，跟搭讪真的扯不上边。

那些男人在赌场里说的话，她都是左耳朵进右耳朵出的。

赌完了，工作也就完了，其他的诸如滚床单之类，免谈。

那些肥头大耳的大赌客，她看着就腻，更别提什么滚床单了。

即使他是邓先生，那也得掂量那一夜滚床单的热闹，你是否驾驭得了。

男人才不会想那么多，滚一次床单就跟吃一个汉堡没啥区别。饭总是要吃的，床单也总是要滚的。

今天的洛杉矶晴空万里，一碧如洗，透着人心情也大好。

卫斯理脚步轻快地迈进办公室，直奔 Daniel 的办公桌。

Daniel 正在奋笔疾书，那表情还挺认真。

卫斯理过来兴奋地一拍他肩膀："Hi, Daniel, you writing love letters?"（写情书呢？）

Daniel 吓了一跳，赶紧捂上信。

那信正写到关键处：

"阁下一定是弄错了，换书这种小把戏我实在没兴趣，况且拿本简装中文版换我的精装限量纪念版也有点巧取豪夺吧！我认为如果换，至少应该补一些英镑给我。另外，看见我写中文就以为我不懂英文？夸张了吧，你不知道中国人现在占领全世界，会英文是标准配置吗？"

卫斯理一脸坏笑道："脸红了，放心好了，你写中文反正我也看不懂。"

Daniel 一想也是，便松开手，故作平静道："What's up?"（怎么了？）

这时卫斯理才拿出一大张图纸，正色道："那处房子简直棒极了，保存得非常好！有一百年历史了！我的计划是完全保留，只是灶具可以换，然后……"

Daniel 立刻打断卫斯理的话："我的计划是拆掉，盖成两栋！"

卫斯理惊讶地看着 Daniel，他是疯了吗？

Daniel 耸耸肩，平静道："那地方最有价值的就是地大房子小。盖成两栋，赚得翻倍。这个简单的道理你都不懂吗？"

说话间，Daniel 的电话响了，他马上接起来："喂，是我啊——好，我马上过去。"

放下电话便要出门。卫斯理看他的表情知道肯定有事发生，在后面哎哎了半天，Daniel 连头都没回。

卫斯理只好小跑着跟上："等等，你带我一块去——"

这下可真的出大事了！

Daniel 开车一路狂奔，火速赶往老房子现场。现在这房子是他的命根，可不能有一点儿闪失。

大老远就看到老房子门口停着救火车、警车、救护车，不少人穿梭其中，个个表情紧绷。

Daniel 赶紧停好车飞奔过去。只见一辆丰田轿车撞倒了路边的消防栓，房子一角显然也被撞坏了，现场一片狼藉，水柱喷流不止。

Daniel 一惊，赶紧四下寻找房子的主人，救护车旁，他看到奶奶披了个毯子畏畏缩缩地窝在那里。爷爷面色铁青，头上贴着一块创可贴，医护人员正在给他量血压。

拨开人群挤了过去，Daniel 还没开口，奶奶就抬眼看到了他，顿时像见了救星一般，声音颤抖地喊道："大牛啊，你可来了，刚才我们出去买菜，回来的时候你爷爷把油门当刹车踩了，一下就撞了……"

话落，爷爷突然打断道："这点事你要念叨几遍啊！"

奶奶不说话了，只小声地嘟囔道："我不就说了一遍嘛，跟他们说英文我也不会。"

Daniel 也顾不上给俩人劝架，忙问医生："情况怎么样？有问题吗？"

医生量完血压用英语说："没有内伤，外伤不严重，但血压比较高。这是你爷爷吧？我认为他不能再开车了，八十六岁了，很危险的。"

Daniel 点点头。

这时卫斯理也跟着挤过来，听完医生这样说，他马上赞叹道："哦，八十六岁！太棒了！我爷爷六十岁就死了。"说着他指指车，对爷爷伸出大拇指，用生硬地中文说，"老不死！"

此话一出，顿时更乱。

爷爷大怒，Daniel 忙着灭火。卫斯理这不靠谱的中文除了添乱没一点用处。

Daniel 把卫斯理推走说："这没你什么事，你快进去看地儿，画个图回头咱俩好商量。对了，看完你不用等我，你先回去。"

卫斯理往院里走去。

Daniel 赶紧跟爷爷解释："他是我公司的，带他过来看看房子怎么修。"

爷爷依旧满脸怒气地看着卫斯理的背影，那表情充满了不信任。

Daniel 忙把担架上的毯子拿过来给爷爷披上，爷爷却拒绝道："我不披，小题大做，来这么多车，僭扰邻居生活！"

Daniel 马上迎合道："对对对，美国人就是傻，打个 911，仨车都一块儿来，浪费我们纳税人的钱。"

　　看着忙碌的警察进进出出，Daniel 也觉得有点小题大做，不就是撞了个车嘛，又没撞着人。他看了看车，又问："对了，您这车和房子应该都有保险吧？"

　　爷爷自信地回了他一句："当然！"

　　这老爷子有点意思，心气还挺高。

　　一直待到晚上，警察才撤走。撤走前，警察特意跟 Daniel 交代，爷爷这个年龄和身体状况已不适宜再开车了，如果想继续开必须去 DMV（Department of Motor Vehicles 美国车辆管理局）重新路考。

　　Daniel 点点头，送走了警察。他当然不能走，他还有一堆正事要办。

　　进了爷爷的书房，隔壁炉望过去，正好一眼看到房子一角被车子撞后留下的那个硕大的洞。

　　爷爷瞥了那个洞一眼，面色不悦地坐到椅子上。

　　Danie 则席地而坐，把各种英文文件往地上一摊，开始干活。

　　仔细查看了几个文件，Daniel 嘴里念叨着："车子的保险没问题，房子的保险……"他突然一抬头，"爷爷，您房屋的保险上个月过期了，您没有及时续费啊。"

　　"啊？"爷爷惊着了。

　　Daniel 赶紧把文件递过去，爷爷戴上老花眼镜一看，脸彻底拉长了："那，这房子修得多少钱啊？"

　　Daniel 算了算："大概三四万吧。"

　　爷爷眉头一挑，说不出来话。

　　再看文件，Daniel 问他："这房子就您一个人的名字？"

　　爷爷眉头紧皱，顺嘴"嗯"了一声。

这时外屋传来老太太压抑着的抽泣声。那声音越来越响，弄得 Daniel 都不能忽视了。

爷爷忍不住发声道："老太婆，你好好的哭什么啊！"

老太太哽咽道："我没哭，我就是看这个墙心里头难受。"

爷爷脸一沉："你过来。"

老太太执拗道："我不去。"

爷爷只好放下文件起身出去，边走边叹气："这个老太婆。"

Daniel 也好奇地跟过去，只见奶奶正坐在吃完饭未收拾的饭桌前流眼泪。

爷爷走过去，声音和缓道："多大点事就哭，让人家大牛看见笑话，你都 80 了，又不是 18。"

奶奶委屈地说："我 80 了我认，不像你 86 了还处处逞强！不让你开车，你偏不听，现在闯出这么大祸还没有保险。"

爷爷犟道："没有保险我也赔得起，你放心，不会让你住破房子的！"

Daniel 赶紧走出来，适时插嘴道："其实让我说，不如就别修了，反正这房子要卖，等卖了搬出去，一块儿收拾多好。"

奶奶对 Daniel 说："你不知道，来了那么多客户，你爷爷挑来挑去谁都看不上，也不知道他要卖给谁。"

爷爷死要面子道："卖给谁，也得把这房子先修好喽，这么卖给人家多不光彩。"

"没事，没事，爷爷，要不您就卖给我吧，我不嫌弃，我帮您修。"Daniel 及时补了一句。

自打第一次上门，他就看中了这套房子。如果把这房子重新翻建，盖成两栋卖出去，收益相当可观。他心里盘算着，对这老俩口得走以情动人的路子，硬来绝对不灵。

这话一出，爷爷有点感动。他看着 Daniel 一脸诚恳的样子，便问："大牛，你成家了吗？"

Daniel 苦涩一笑："还没有。"

这事对他来说是个死结。自打十四岁那年，他成了孤家寡人之后，"家"这个概念对他来说就再也没有了。他觉得一个人生活挺好，自在，自由，不苦情，不受伤，挺好。

爷爷嘴角一撇，嘟囔道："那你买什么房子啊。"

Daniel 面色一敛，顿时觉得这事不靠谱了。难不成为了拿下这个房子他得先结婚不成？这可点了他的死穴了。

爷爷把 Daniel 晾在一边，边收拾桌上的餐具，边对老伴儿说："你看看你，越老越懒，吃完都不收拾了。"

奶奶委屈道："你还好意思说我，你把房子撞成这样我都没说你。要是孙子在，你看看他是说我还是说你……"说着起身抢下爷爷手中的碗筷，"得，你走开……"

一提到孙子，爷爷火大了："孙子孙子，孙子在天上呢，你别老念叨他！"

Daniel 下意识地说："wow, I am sorry！"

爷爷转头白他一眼："你 sorry 什么！我孙子就是在天上，在太空站！他是 NASA 的人。"

Daniel 尴尬一笑："哦，厉害！"

说话间，奶奶端着碗筷去了厨房，不经意地瞥见那个墙上破洞仍止不住地叹气摇头。

见老伴儿去了厨房，爷爷忽然拉着 Daniel 说："哎，你过来——"又把他领到书房来。

研墨提笔——签字笔流行的今天很少再有人用毛笔了。Daniel 对写毛笔字的印象还停留在小时候和外公外婆一起生活的时候。那时写大字背古诗是 Daniel 每天午睡起床后的必修课。还在回忆中，爷爷把一封墨迹未干的信郑重交到 Daniel 手上，有些无奈道："给孙子写封信，还得找人翻译，真是滑稽。"

Daniel 接过信，只见全是竖版繁体的蝇头小楷。

他展信念道："汨来吾孙……知悉？自圣诞节后去家数月……牵挂汨来初入现实，不解种种……不忍招致分心，故久未用信，然无一日不挂念，重慈……"

"您和奶奶老家是湖南吧，汨来，是不是指汨罗江？"Daniel 问。

"不是，老家是湖北秭归，屈原的故乡？"

"范仲淹的《岳阳楼记》里说，'去国怀乡，忧谗畏讥，满目萧然，感极而悲'，用的也是这个'去'字。"

爷爷惊讶道："这个你也知道？你上回不是说你十四岁就来美国了吗？"

Daniel 套近乎地笑笑："小时候我是跟姥爷长大的，他从小逼我背这些，呵呵，算童子功吧。"

爷爷顿时对 Daniel 有些刮目相看："真没想到你还能记得这些！哎，这些老祖宗的话在这儿都用不上了。文正公这几句话说的就是我们这些人啊。在中国像我这样的也算是知书达理，在这儿却成文盲了。"

Daniel 局促地一笑："您想得太多了，在哪儿不是过啊？可能我从小一个人惯了，在哪儿待着舒服，哪儿就是我家。"

"你这句正是苏轼说过的'此心安处是吾乡'。"爷爷越说越激动，像遇到知己般。

Daniel 也迎合道："没错！趁少年，把家园弃了，海上来游！"

这一唱一和，爷俩儿默契地哈哈大笑，显得十分投机。那一刻，Daniel 似乎体味出他一直可望不可即的亲情的美好。只是眼前的这个爷爷是别人的爷爷，跟他毫不相关。他要抓紧的事不是寻找亲情，是如何把这套房子拿下。

这笑声倒把奶奶给引了过来，好久都未听到老头子这么爽朗的笑声。

她端着一杯果汁递给 Daniel："他又显摆呢。孙子都不爱跟他聊天，说听不懂他的话。"

爷爷哼了一声，说："跟你说更是对牛弹琴。都是你，从小惯着我孙子，他说不想学中文就不学，数典忘祖，你瞧瞧人家大牛！"说着冲 Daniel 伸手道，"把信给我。"接着又对老伴儿说，"来，老太婆，你过来签个名，这信算你写的。"

奶奶看 Daniel 在，有些忸怩道："我不写。"

"你不是说想孙子吗？你要不想签名，要不你画个小人给他。"爷爷打趣道。

奶奶忍不住笑了："去，让大牛看了笑话……。"话是这么说，但奶奶还是起身接过信去了书桌。

看着奶奶的背影，爷俩儿都笑了……

这笑里真的有辛酸。有那么一瞬间，Daniel 的鼻子竟有些酸涩。看着灯下的老两口，Daniel 发现这不就是他魂牵梦绕的家庭图景吗？

给爷爷翻译信的事，Daniel 不敢马虎。这直接关系到爷爷对他的印象。他看出来了，这个家就是爷爷做主，如果能把爷爷搞定，奶奶自然不在话下。

他直接去了办公室，伏案而坐，郑重地拿出爷爷的信认真翻译起来。

"汝今学成，更应努力上进，勿惮劳，勿恃贵，家中悉好，不必展读，不欲分汝心……"爷爷的声音如影随形，透着亲切。

用了近一个小时的时间，Daniel 终于翻译完最后一个字，看着信的署名处奶奶画的一个朴拙的小人忍俊不禁。

亲情的美好，他体会得很少。十四岁一个人来到美国，亲情对他来说遥不可及。可是今天他体会到了，心里有小小的满足感。他渴望的东西有时近在眼前，有时又遥远得让人失去想望。

他把自己翻译好的信和爷爷的信叠在一起，准备找个新信封装起来，不想信封没找到，却找出了来自"伦敦"的第二封信。

疑惑地打开看看，依旧是那个熟悉的字迹——不算漂亮，但秀气干净。

"你有病啊？你们书店哪只眼睛看出我会英文？还给我寄本英文的回来?！我说今天怎么这么背，原来是输到家了。我告诉你们，都给我滚远点儿！满脑子男盗女娼就想着约炮，知道怎么尊重女人吗?！丢人！简直斯文扫地！你们男人再聪明再成熟都是表象，全都不靠谱！最后，免费告诉你一句真理：一夜滚床单的热闹，可能换来一夜滚钉板的惨叫。"

Daniel 忍不住笑了出来，不用说一定是个失恋少女。他想象那女孩儿写这封信时，一定是边整理书，边气鼓鼓地写，咬牙切齿的样子。

想了想，他回了一封：

"小女孩儿火气不要这么大，不过就是失恋嘛。你这种生活在伦敦中西二区并爱看书的女孩儿会经常失恋的。作为过来人，我必须告诉你，这世界上没有哪种情感关系是牢靠的，就算是结婚六七十年的老夫老妻，说话还是会鸡同鸭讲。顺便一问，滚床单的热闹和滚钉板的惨叫是你自己刻骨铭心的记忆吧？做人，勿惮劳，勿恃贵，别做白日梦。顺便安慰一句：俗话说，否极泰来，背到家的时候估计情财两收的好事也就要近了。"

姣爷收到这封信的时候，她正在洗澡，满脑子还要为赌债的事发愁。

凌姐推门进来，撇嘴道："输钱事小，失贞事大，淋浴也不锁门。喏，你的信！"

姣爷疑惑地拉开浴帘，伸手从凌姐手里拿过信一看，又是那个漂亮的英文花体，不禁露齿一笑。

凌姐看她那样子有点怪，不禁问道："谁寄来的信？"

姣爷看看信封，吐了吐舌头，拿腔拿调道："英国病人。"

"英国病人？"凌姐被她弄得一头雾水，索性由她去了。

洗完澡头发还未干，姣爷便找出纸笔开始回信：

"别装算命先生了，我终生鸿运当头的命你哪儿算得起。你对伦敦中西二区的女孩儿很了解吗，采花大盗吧。'否极泰来'这个词好，今天开工一定要多用几次。看你写的字不错，说话文绉绉的，喂，你是教授吧？但是这么好为人师可不招人待见。你们这种老气横秋的老男人我见得多了，一本教材教一辈子，笑话都是同一个，天天偷瞄女学生，有色心又没贼胆，专写些乱七八糟的信打发时间。你是有多无聊？！不过我发现，当我无聊的时候，能确认另一个人也这么无聊地存在，内心竟是这么充实。哈哈！"

姣爷咬着笔头，她不自觉地把这个男人想成教授。

自从到了澳门终止学业以后，她的人生突然拐弯，原本平静单纯的少女时代也随之终结了。不得不说，她对那段熟悉的校园生活是充满留恋的，她内心深处并不满足澳门给她生活带来的巨大转变。尤其是老爸走后，她每天混迹在乌烟瘴气的赌场，没有任何安全感，对曾经的课堂、曾经的校园她都心存怀念。

与书打交道的男人，她固执地把他想象成教授。在她心中，男人最有地位、最值得信赖的角色便是教授。她边写信脑中边开始勾勒那个画面：古典范儿的大学校园，一个孤独的教授，戴着眼镜，拿着杯咖啡，落寞地走在校园里，旁边青春靓丽女学生三三两两地走过，他偷偷斜眼瞄着，一不小心撞到了前面那个古板的老女人，咖啡洒了一身……

哈哈，画面美得妙不可言。

这之后的信，你来我往，一发不可收拾。

"教授这么神圣的称谓被你们这些年轻女孩儿拿来随便调侃，真是数典忘祖。白看了《查令十字街84号》这本书，也不说学学人家海莲·汉芙对书店老板 Frank 的尊重。"

Daniel 从微波炉里拿出加热的快餐坐在吧台上开始吃，一堆工作文件摊满了餐台。那间空旷的屋子，衬得他十分孤单。

"那悲催的女编剧和 Frank 老板二十年通信不见面是有多变态？这种所谓的古典爱情可信吗？值得尊重吗？"

姣爷颇有兴趣地捧着英文字典，开始翻看这本《查令十字街84号》。

"爱情还分古典现代的？什么算现代？好莱坞电影那种？在比赛中场休息时候在大屏幕上打出 Marry me？"

夜已深，Daniel 打了个哈欠，准备刷牙，洗澡。

"别逗了，谁干那种蠢事儿我肯定躲起来玩儿消失，矫情死了。"

姣爷骑着摩托车经过邮局，帅气扬手，信飞进了邮筒。

"爱情中哪儿有聪明和蠢？听没听过问世间情为何物，

直教人生死相许？"

Daniel 和卫斯理在办公桌前边看房子图纸边写信，谁叫卫斯理看不懂中文呢。

"教授，你不要装，你第一封信约炮不成愤而发泄那句话我可是记着的。信就是千里之外的一双眼睛，能看见你的心，无论是危险的念头还是下流的欲望。"

姣爷边刷牙边写信，满嘴的泡沫，还要时不时拿手机来查字典。

"小姑娘，你也不要冒充灵媒，'若教眼底无离恨，不信人间有白头'，我本质上对一切亲密关系就是不信任又怎样？人，生而孤独，这就是世界。不跟你贫了，我要上课了。"

Daniel 把车停下，抱着一大堆食品蔬菜下了车。

"你以为就你有正事啊，我也忙得很。"

有人来喊姣爷开工了，她把纸笔一扔，潇洒地离开。
……

这几个回合下来，也没分出个胜负。

　　Daniel 给自己倒了杯咖啡，喝了几口，微笑着又有点心不在焉。以至于卫斯理跟他说话时，他完全没反应。

　　"嘿，你在想什么？"卫斯理拿着图纸不明所以地看着他，故意加大了音量。

　　Daniel 的耳朵嗡了一下，这才侧身看到了卫斯理："哦，这里加一个封闭的厨房，适合炒菜，这房子主要面对中国买家。"Daniel 当然清楚，现在中国土豪有的是钱，市场当然要面向他们。

　　卫斯理认真记下，再抬头看 Daniel，他仍是那副似笑非笑的样子。那样子跟他平时一比，还真有些瘆人。

　　只有 Daniel 自己知道他在想什么。《查令十字街 84 号》真是本奇妙的书，所有的细节都令他意犹未尽。

Chapter 11

【哈尼我懂，是蜂蜜】

在当下这个浮躁的社会，最缺的就是耐性。

什么是耐性？

男女之间，相隔万里，却坚持不懈地给对方写信，这算吗？

姣爷只是觉得好玩，她自认除了赌之外，她的耐性都是有限的。

Daniel 却自信满满地将耐性列为他的第一优点。卖房子，没点耐性，那还怎么赚大钱？

虽然在感情上，对女人的耐性他是欠缺点，但工作上没得说。只是他也不明白自己怎么突然热衷起写信了。交笔友这事，搁年轻的时候他都不屑一顾，更何况现在步入中年。难道是老夫聊发少年狂？

姣爷从来没交过所谓的什么笔友、网友，她哪儿有这时间，开工都来不及，更何况还背着一身债。只是对教授，她有点小私心，如果能认识一个教授，总算是件体面的事吧。至少在凌姐面前，她可以自豪地告诉她，咱也认识了一个教授，而且还在英国。当然，这点私心也可以换个说法，叫虚荣心。

凌姐做荷官多年，什么样的人她没见过，唯独教授还真不多。她也从不指望姣爷能找个教授，能遇到个真正心疼她的男人比什么都强。

在赌场打拼多年，她有句老话："赌归赌，不能看着别人去死都不劝吧。"

姣爷有凌姐在边上督着，好歹出不去大格。

凌姐自己从不赌，姣爷她管不住，但她也是三令五申：输钱的时候，不管三七二十一，直接关机，停掉赌局。

这条圣旨，姣爷不敢不听。当年老爸死在赌场上，凌姐下了这条生死令。她不想看着姣爷走焦大的老路。

凌姐的苦心，姣爷当然懂。可是为了生计，除了赌，还有什么更好的办法吗？

只这一条她坚守住：一旦输钱，立即抽身。老爸的赌瘾若上了身，再戒可太难。就像 COCO 姐一样，还不是走了焦大的老路。

像 COCO 姐这样的性格，200 万美金在澳门输光，根本不出三天时间。想起她后来跑到越南那次，200 万美金艰难地赌了整整两周时间才全输光的。

那次她本来可以安全回来的，只是在贪欲面前，任谁也劝不住了。

那晚她其实一直输到只剩 5 万美金，却突然转运，神奇地打回了 200 万，这已经是奇迹了。可就是奇迹来的时候，她收不住了。她那晚是疯了，势头正旺，根本停不下来。她从越南打电话过来，让姣爷马上带钱来跟她拼一次。姣爷哪敢去，她知道有种奇迹叫回光返照。COCO 姐已经上头了。

当时姣爷试图骂醒她："你是不是鬼上身了？剩下 5 万都打回来了，你还想怎样？还不赶紧回来！"

COCO 姐怒了："你别管，咱们是好姐妹我才有好机会叫上你的，你今晚带 200 万过来，我保你翻着倍回家。"

姣爷也怒了："你现在已经保本了，老天爷已经在照顾你了！"

COCO 姐狂笑道："我今晚旺得不行，好运上身的时候根本不能停！我今晚就是要赌，要么输光，要么赢个几千万回来，反正输光拉倒，重新再来！"

"你真的是疯了！鬼上身啊！脱线！"姣爷一边骂她，一边也深感无力回天。

"你到底来不来啊，咱们姐妹一起发财啊！"COCO 姐开怀道。

"我不去，我劝你赶紧抽身而退！"姣爷不为所动，凌姐在边上，她想也不想。

COCO 姐拿着电话翻脸道："你爱来不来，反正那是我的钱！我愿赌服输！我要把越南杀个片甲不留！"

那是她和 COCO 姐的最后一次通话。

之后仅仅半个小时，COCO 姐的 200 万美金全部输光！那晚，COCO 姐的筹码就像过山车一样，最高峰的时候，快到了一千万；最低谷的时候，才几十万。来来回回十几次，终于崩盘。

都说性格决定命运，以 COCO 姐的性格，输起来真的没有尽头。一条道走到黑。

之后 COCO 姐再也没有回来。

有时凌姐提起 COCO 姐，也总是满腹心酸："如果那时能拉她一把，也不至于最后那么惨。"

姣爷也时常自责："我也没把她拉回来，还把她骂得那么难听。"

赌博真的是一条不归路，老爸和 COCO 姐都是这样被带走的。在赌场里最先要学会的就是刹车，不然陷进去，命一定会被赌掉。

对此，姣爷和凌姐都深谙此道。

姣爷总拿"小赌怡情"来逗凌姐，改善一下生计总是好的，况且现在背了一身债，再赢不回来拿什么还钱。

只是今天又没有交上好运，从赌场出来，姣爷一脸扫兴。今天本想赢个几万，希望又一次落空。一个大赌客也没遇上。那个邓先生就像失踪了一样，再也没有遇到。

她打开手机通讯录翻到了邓先生的电话，犹豫来犹豫去，到底要不要打？素昧平生，只见过一面，就打电话约人家来赌钱，这合适吗？这不是明摆着跟人家要小费嘛，这事她姣爷有点做不出来。

就这么神情怠懒地走到街边，她抬眼一看，拐家处有家小门脸的书店，她走了进去。平时从不逛书店的她，今天也不知为何要走进来。教授那些信时不时说几句古诗，看得她云里雾里，都吃不准是什么意思，这太丢人了。好歹是和个教授通信，自己什么都不知道，迟早要被对方嫌弃。最讨厌书（输）的姣爷决定也补补课。而她安慰自己的理由是，现在这么背，负负得正，输再加书，说不定就能把好运气再给招回来呢。

前排架子扫了几下，她一眼看到了那本《唐诗三百首》。顺手拿起来，她嘴角一扬："哼，不要以为会几首古诗就能教训我，孤独恐惧我可并不比你知道得少。"是啊，掩藏着自己真面目的姣爷，内心的沧桑着实不是和她同龄年纪的女孩子们能体会的。只是她不愿意抱怨倾诉罢了。同情是最不值钱的感情，姣爷可不是那种屁大点事都拿出来博同情的女孩，她宁愿把苦都藏在心里，拿出一副百毒不侵的面孔混在这世界上。

正要付钱，突然手机响了。

她接起来，对方却并不说话，她"喂，喂"了两声仍没有声音。

她挂了电话，结账走人。

街上行人不多，她攥着那本《唐诗三百首》，略感一丝寒意。

忽然不远处一个人影晃过来，他握着手机横在那里，隔着一段距离仍能感受到满眼的杀气。

姣爷脸色徒变，紧紧攥着手里的书，努力保持镇定。

对方再次将电话打过来，姣爷快速接起来。

"听说今天姣爷赢钱了。"对方终于开口。

"前两天不是刚还了 10 万，这几天手气不好。"姣爷握着手机，立在原地不敢动一步。

"已经多给你两天了。电话也不接，工也不多开？你什么时候能还上！我警告你啊，抓紧时间开工！"对方声音渐急，目光毒辣地直视着不远处的姣爷。

姣爷还想讲什么，对方突然挂了电话，人影也跟着消失了。

姣爷只听到心脏突突狂跳的声音，看来她被人跟踪了。不用问一定是追债公司的人。在澳门，追债公司广东话叫"追数公司"。拿人钱财，替人追债，这是"追数公司"的工作，姣爷明白。她赶紧拿出手机将刚才打来的电话存成"不要接"。

借了"沓码仔"的钱，一旦输了，麻烦自然就跟着来了。100万才还了10万，怎么也说不过去。姣爷当然清楚等待她的是什么。大棒与酷刑她都领教过，年少时跟着老爸躲债时所受的惊吓与痛苦她记忆犹新，这样的日子她绝不想再过。她必须在最短的时间内把钱还上！

这次她太不冷静了，轻易相信了儿时的偶像，现在欠了一屁股债走了焦大的老路。这个窟窿她该怎么填?！

满脑子都是钱钱钱，她紧紧抱着那本书，如履薄冰地往前走去……

在美国，撞车向来不是件小事，自从爷爷把自己家的房子撞了个窟窿，警察没收了他的驾驶证——必须重新通过DMV考试，否则再想开车上路，门都没有。

老当益壮的爷爷最怕人激他，明知山有虎，偏向虎山行，开了一辈子车的人，还怕路考吗?！爷爷当然不怕，他从心理上就蔑视这事。

怕的人是洛杉矶的"教授"Daniel。DMV考试并不好过关，况且爷爷年龄又大，情况不容乐观。

但奶奶说了，年纪大了，腿脚不灵便，不开车出门还真不方便。

就冲这话，Daniel 也得手把手地教。现在对他来说，第一位的就是把爷爷奶奶的事事无巨细地揽上身。爷爷奶奶的事解决了，房子的事也就解决了。捋清了这个思路，任何问题都能迎刃而解。

奶奶坐在车上，抱着个保温水壶，一脸不高兴。

爷爷看老伴儿那样子，忍无可忍道："你老抱怨不带你出来，现在带你出来了，你又板着个脸！"

"那是因为这地方我不想去！"奶奶噘嘴道。

老两口赌气谁也不看谁，各自扭头看窗外。

Daniel 看着这对冤家无奈地摇摇头，继续指导："这是转向灯，这是雨刷，这是定速巡航，您不用管，这是雾灯……"

爷爷不耐烦道："哎呀，我开车康明斯重卡的时候还没你呢，灰鹅灰狗什么没开过！"

这时一个胖胖的印度裔考官过来，示意他们正式开始考试。

奶奶捧着保温瓶赶紧下车坐到门廊下，满脸紧张地看着车里的老伴儿。

印度裔考官冲他们趾高气扬地指指点点，爷爷按照考官的手势，一会儿打开转向灯，一会儿踩刹车，忙得不亦乐乎。

看奶奶紧张的样子，Daniel 安慰道："没事，爷爷挺厉害的。"

奶奶担心地说："你不要夸他，越夸他越逞强。他都快九十岁的人了，有时候反应不过来。"

Daniel 笑笑，刚想说话，手机响了。

是 Maggie。Daniel："Hi，Honey……嗯，我也想你……"

和旧情人做朋友，就是这个麻烦，情话张口就来，都不用准备。可毕竟不是情侣了，还非要说着情话，这关系总拧不顺啊。

听 Daniel 突然冒出这么肉麻的一句，奶奶一愣。

他马上知趣地走到一边，背过身继续接电话。第二句 honey 还没说出口，就听背后突然传来夸张的一声轰响，其中还夹杂着奶奶的尖叫声。

Daniel 迅速回头，只见车子如离弦的箭一般冲出去，又如废铁一般瘫痪在路中央。

胖胖的印度裔考官狼狈地从车里跳出来，快速地摇着脑袋说着一串听不清的英语。

Daniel 一看情况不妙，赶紧跑过去。

爷爷生气地从车里走出来："我都听不懂他乌鲁哇啦说什么，他口音太重了，这种职位怎么能让口音这么重的人担任？还有你这个车，你这个车根本就有问题！大牛，你跟他说，是你这车不对，不是我的问题！"

Daniel 也不恼，马上说："对对，爷爷，这是跑车，油门不同。"

印度裔考官听爷爷说了一堆中文，有点着急，忙问 Daniel："他说什么？"

Daniel 还得忙着翻译："Sorry，Sorry，是这样，我爷爷没开过这车，今天是第一次开。"

印度裔考官一听，气疯了："没开过这车就敢开？难道是拿我们的生命在开玩笑吗！……"叽里呱啦生气地说了一大串。

爷爷茫然地问："他在说什么？"

Daniel 一边冲考官一个劲地说对不起，一边又忙着帮爷爷翻译："他说他长得很好看，但撞到脸就不好看了。"

爷爷讪笑："就他长那样叫好看？"

考官又问爷爷在说什么。

Daniel 只好说："他什么都没说，哦，他是说你好看。"

"这是事实，根本不用他指出来，这叫言语贿赂！"说着，印度裔考官在手上的考试记录本上画个大大的叉子。

这个爷爷看懂了，他更气了："大牛！你问他画个叉是什么意思？！美国人出车祸的多了，凭什么就让我重考驾照啊！这是欺负人，欺负老头子，欺负中国人！"

就这样，爷爷和印度裔考官各自神情激动地吵着。Daniel 夹在中间两边劝，一会儿中文，一会儿英文，乱作一团。

唯独奶奶抱着保温杯在廊下看热闹，还时不时掩不住嘴地坏笑。

折腾了大半天，等三人都坐回车里的时候，奶奶仍忍不住地笑。

爷爷脸色铁青地吼道："你不要一直一直笑！你还笑得出来！"

奶奶正色道："我没笑。"

"你就在笑！"爷爷气不顺道。这么大人了，连个路考都没通过，今天真是丢死人了！面子都挂不住了。

"我笑怎么了？"奶奶还嘴，她就知道老伴儿通不过。

爷爷被顶得哑口无言，想了想，又说："居蛮夷之地，与魑魅为群，说的就是你老家，不守妇道，看老爷笑话！哼，放在民国就是一纸休书!"

奶奶根本不在乎:"还一纸休书呢,连成亲书都没有,我倒看你拿什么休!"

Daniel 听到这儿愣了:"啊?你们俩没领结婚证啊?"

爷爷抢白道:"怎么没有!我驴都送她爸好几头了,都不作数啊!"

奶奶也不理他,又转向窗外继续笑。

爷爷愤怒了:"你再笑,你还笑得出来?!我要是开不了车了,往后连菜都买不成了,难道能指望天天大牛给你送菜啊!"

爷爷说到了现实问题。这话还真灵,这么一说,奶奶不乐了。

Daniel 忙见缝插针道:"没事,爷爷,我能送。"这个时候就得往前冲了,买菜这点小事那都不叫事。

"我早说把这房子卖了,去住养老院,你就这么挑来挑去,也不知道你要卖给谁!大牛,你不是说你要买这房子吗?让爷爷卖给你。"奶奶口气一转,也说到了现实问题。

奶奶的这话真的说到 Daniel 心坎里了,他立刻雀跃道:"好啊好啊!爷爷你卖,我就买。"

爷爷神情一敛:"我早说了,没娶媳妇的不卖。"

这边刚说到心坎里,那边就是当头一棒。这经纪人拼的就是心理承受力。Daniel 眉头紧锁,这个媳妇问题还真成了绊脚石了。

奶奶在边上哈哈一乐:"人家大牛有女朋友,是不是?我刚听他打电话叫哈尼!哈尼我懂,是蜂蜜!大牛,你哪天把蜜蜂给爷爷带来看看。"

　　哈哈，这个奶奶绝对是他的亲奶奶，Daniel 赶紧把话跟上："没问题！"

　　可说完他就心虚了，这事还真得演场戏了。脑中把周围的女性朋友搜索一溜够，还真没一个能带得出来的，想想又头皮发麻。难道非要把 Maggie 请出来扮一回？倒也不是不可行。这个奶奶还真是有趣，哈尼是蜜蜂吗？再细想想还真是。他从小就怕蜜蜂，蜇一口得疼好多天呢。

　　爷爷不满地瞥了一眼老伴儿："瞧你能的，都来做我的主了，还懂哈尼！"

　　"我从小陪孙子看小熊维尼，他那会儿老说，小熊维尼，爱喝哈尼！哪像你，什么都不知道。"

　　Daniel 边开车边看后视镜里一对老人家斗嘴，实在觉得可乐。

Chapter 12

【长恨人心不如水】

Daniel 对爷爷的卖房条件非常不能理解。

为什么非要卖给一个有媳妇的？单身就不能卖？这显然是对单身的歧视。

单身怎么了？单身是对社会负责，是对婚姻负责，更是对女人负责。

现在媒体上老说单身是公害，Daniel 特别不能理解，单身碍着谁了？怎么就成公害了？

像他这样的钻石王老五，搁美国不稀奇，这要搁到国内，那绝对抢手，不能说争先恐后，至少也是排长队。

所以他着什么急。这都什么年代了，卖房还不能卖给单身的？爷爷的这个老思想，Daniel 觉得必须得进行改造了。至于怎么改造，他还没想好。这事得从长计议，买房卖房都不是一蹴而就的事，得细水长流，当然也不能流得时间太长。

对姣爷来说，租房退房都是一蹴而就的事，她只看一条：价钱。只要价钱足够低，其他都可以将就。

谁叫她两袖清风，穷光蛋一个。

没钱，房东都欺负你，天天追在屁股后面催租子，这种人生真没劲。

追租子还算好，大不了像上次那样被扫地出门；最要命的是追债，还不起，被剁手砍脚，小命可就呜呼了。

想到这儿，姣爷不寒而栗。

自从上次被跟踪之后，姣爷变得谨小慎微，上下班都尽量绕道走。

傍晚时分，将夜未夜，姣爷跨上小摩托直奔赌场，再不开工，她要被债主逼死了。不想，刚开了几米，她已从车镜中看到了一个黑衣人。完蛋了，今天又被跟上了。

那人也骑着摩托，跟她保持一定距离。

姣爷向后看了他一眼，加速油门。

到了赌场，那男子也尾随进入。

姣爷换上了红色制服坐进赌台，目光飞速浏览一圈。果然那个黑衣人就在邻桌，边小小地下注，边时不时瞥向姣爷。

姣爷陪客人赌了几局之后，那人依然没走。

她点了一根烟，不动声色地走到门外。果然那个黑衣人也跟了出来。这是"追数公司"的一贯伎俩，初期他们什么也不做，就是跟着你，让你烦不胜烦。

姣爷想了想，躲也不是办法，便故作镇定地转身冲他一笑，递上一支烟："最近客人手气都不好，我手气也不好，你跟着我也没用。别逼老娘往海里一跳，你老大的债就彻底黄了。"

黑衣男子接过烟，口气冷淡道："没人要您的命，姣爷，我们是催债的，不是催命的。"

两人四目相对片刻，黑衣男子这才发现她腋下夹了一本书，这才说："都知道你命硬，克牌，但是上赌桌总带着本书可是不好。"

姣爷白他一眼，拿出书："看见没有，布面的，这叫'不输'，懂吗！"说完她自顾自地掐灭烟头，转身而去。

黑衣男子也跟着掐灭烟蒂，寸步不离地跟了上去。

DMV 接到的 honey 的电话，确实是 Maggi 的。告诉 Daniel 他要的放弃产权声明文件已经准备好了。Daniel 对 Maggi 办事是绝对放心的，确实律所合伙人的称号可不是白来的。火炉旁依偎下，Maggi 告诉他，签署了这份文件，则等于放弃了对所属房屋财产的处置权，则配偶有权利签字处理一切事宜。

说完了正事，Maggi 却并不像以前那样和 Daniel 亲热缠绵，而是一副欲言又止的样子。半晌后，她终于开口——

"I have something to tell you Daniel, I'm going to be getting married in a few months."（我有件事要告诉你，Daniel，我打算最近结婚了。）

Maggie 面色平静，想来她是早做好了打算。

Daniel 问道："Who is it?"（他是谁？）

Maggie："He's someone you know, It's my colleague Mike."

（你认识他，他是我的同事 Mike）

原来是他。这个人 Daniel 见过，典型的成功男人样子。哈佛法学院毕业，擅长打离婚官司，不少好莱坞的名人都是他的客户，比 Maggie 大六岁，英俊而健壮。

Daniel 言不由衷祝贺："Congratulations."

Maggie 不想听到这一句，她多想 Daniel 能劝阻她，把她留下。她深吸一口气，抚平自己欲泪的情绪："We've been seeing each other on and off for a long time and recently he asked me to marry him. And I said yes. I didn't think you'd ever marry me. You never seemed like you wanted to be that close to anyone."（我们断断续续交往了一段时间，最近他跟我求婚了，我答应了。我想你不会娶我，你从来都是不愿意亲近任何人。"

跟 Daniele 交往的这段时间，她是全情投入的。而 Daniel 似乎永远在逃避。亲热、上床这些都可以，唯独走入婚姻，想将这段感情稳定下来的时候，Daniel 就躲了。他总拿婚姻恐惧症作为借口，Maggie 却并不接受，一切借口都源于爱得不够。两人为这事没少吵，结果总是上完床之后又不欢而散，分开数日却又朝思暮想，最后又睡在一起。可这样下去，Maggie 会疯掉的，她想要一个家，而不仅仅是肉体、MOVE IN 的关系。

再洒脱的女人陷落到爱情里还是不可免俗地想要结果，而男人更看中过程——爱情因过程而存在，因结果而终结。在结果与过程的博弈中，结果总是甘拜下风。

Daniel 沉默了，确实他被 Maggie 言中了。

十四岁那年，父母离异，当他被安置到美国后，父母便迅速组织了各自的家庭。十四岁那个懵懂的年纪，他就已被放逐了。

当他再回到父母那两个新家时，对突然多出来的同父异母和同母异父的弟弟妹妹时，他完全不能适应。他知道他从此没有家了。

于是，在别的孩子还敢对父母撒娇对年纪，Daniel 却已经成了孤家寡人。所有对家的依恋、对父母的爱被硬生生切断了。他无论如何也不能忘记那些个异乡安静的夜晚，一个人用被子蒙住脸偷偷哭泣。爱是伤人的，你投入越多，伤得越深，你信任越大，失落越多。如果不把自己包裹好，随便把爱肆意地拿出来，总有一天会遍体鳞伤。血浓于水的血缘关系尚且能说割裂就割裂，更何况这种两姓旁人的男女关系。

跟 Maggie 交往这两年，他也是全情投入的，Maggie 活力四射、优雅机智，让 Daniel 欲罢不能。只是一谈到结婚，Daniel 总不能进入角色。他不知道这份爱能持续多久，他对自己没有信心，对优秀的 Maggie 更没信心。

面对男欢女爱，他渴望又克制。在 Maggie 面前，他无言以对。

"You never seemed like you wanted to be that close to anyone."

是的，Maggie 的话正中要害，他对感情没有信任基础，他永远不想提他内心的那道伤。即使那道伤结了疤，它依然会隐隐作痛。从小父母离异的事实就像一盏长明灯，时刻提醒他婚姻的虚渺。

一直以来他都在逃避，逃避一种稳定的爱情关系。再亲密的关系在他看来也总会有疏离的一天。也许他有些偏执，任何一种关系在他眼中都不值得信任——Maggie 爱他，他也爱 Maggie，这是事实，可问题是能爱多久？他有什么魔力让一个女人爱他一辈子？他有什么能力能让一个女人幸福一辈子？他自己都做不到的事情，他也不相信别人能做得到。

婚姻恐惧症，英文名：GAMOPHOBIA，常见症状：回避心理，烦躁，脾气急，易发火，沉默寡言。就诊科室：精神心理科。传染性：无。常见病因：一、对婚姻持久性的怀疑和恐惧，对婚后生活困难程度的扩大；二、一方对另一方的某些方面不是很满意，或对对方的某些缺点在婚后能否改变、自己能否适应等心存疑惑。

Daniel 着重看了一下处理方法：一、经常去对方家里坐坐，了解对方的家人，这个过程也是心理适应的过程；二、多跟对方沟通，坦承自己的真实想法，保持开放的心态，慢慢地消除恐惧和担忧。三、接受心理辅导，在心理咨询师的指导下接受一些放松训练，或直接运用默想脱敏法治病。

沟通他自认还是有的，虽然不多，也总算是有；去对方家里坐坐？这事他不爱干，没事往人家里跑，多无聊；默想脱敏法？又是什么妖蛾子？不用想就是骗钱的。

Daniel 综合评估了一下，觉得自己可能真需要去精神心理科就诊了。但又仔细想了想，"当她从我生活中的恋人变成我生命中天天朝夕相处、密不可分的最重要的人，我疲惫的心能承受得起这份婚姻的负荷吗？"

亲情关系、爱情关系在他面前就如同海市蜃楼，稍一驻留，转瞬即逝。

胡思乱想着，脑子竟又转到了那个素未谋面的失恋少女身上。

"最近都没收到你信，是不是有了新欢没工夫听教授上课了？对了，中学时背过刘禹锡的《陋室铭》吧？其实我更喜欢他的另一句诗，'长恨人心不如水'。现实残酷得血肉模糊。所以，小姑娘，一切所谓关系都是自欺欺人，这些假象是麻痹神经的毒品，是让你看不见北京雾霾的墨镜。爱情不过就是荷尔蒙的失调，跟感冒一样，因此失恋是常态，你完全不必在意。"

把这句话说给她听，相信她是不能明白的，一个涉世未深的小女孩怎么能体会 Daniel 内心那种深深的疲惫感？

只是，此刻的 Daniel 并不知道，那个素未谋面的"小女孩"其实内心的苍凉一点不比他少。

Chapter 13

【信就是千里之外的眼睛，它能注视人心】

都说澳门的赌场是世界上最大的赌场，一年的收入是拉斯维加斯的 6 倍。这究竟只是个传说吗？这几天一个大赌客也没碰到，更别提什么小费了。

姣爷坐在凌姐台前托腮发呆，愁眉不展，百无聊赖。还欠着一屁股的债，再不开工拿什么还？！

整个赌场十分空旷，客人稀稀拉拉。再这么下去，连门面都快撑不起来了。

凌姐也是满脸愁容，对着姣爷一通数落："早跟你说过要存钱存钱，赢的时候存点儿现在也不至于这么难。"

又是老生常谈。姣爷唉声叹气道："谁知道最近这么背啊！

客人来得少了，连小费也没得赚。"

"你那个什么同学你也信，我看他就是专门骗你钱的。这么大人了，还看不清！"凌姐忍不住骂她。

姣爷张张嘴，却又说不出话，这事她办得太草率，确实也无理可辩。

凌姐见她那样子，正色道："没客人就回家待着，别一天到晚在赌场里晃，晃来晃去又手痒。"

姣爷正欲还击，手机铃声爆出来。

看屏幕显示"不要接"，姣爷顿时心神不宁地按掉。这个电话她当然不敢接，三哥的人又来追债了，她只好匆匆留了一句："我走了，凌姐，听你的话，马上回家！"

凌姐皱眉道："有麻烦吗？出了什么事？"不问其实她也猜到了。

姣爷故作镇定道："没事。"说完快步离开了赌台。

这事她不想让凌姐知道。当年跟着老爸躲债的日子，已经让凌姐够难堪的了。现在老爸不在了，她又把债主引来，真是造孽！

她绕到赌场后门，匆忙换下红色制服，刚想从员工通道出门，手机又响起来。她一看，还是显示"不要接"。

她快步走向出口。刚打开门，已有三四个小混混堵在了门口。其中个子最高那个她一眼认出，正是已跟踪她数日的那个黑衣人。

姣爷见状立刻关上门回身顺着员工通道往回跑。那几人显然也看到了姣爷，他们立刻跟上，跑进员工通道，紧紧追在后面。

眼看着前面无路可逃，她慌乱中跑进一处杂物间，立即蹲下躲起来，连呼吸都屏住了。

那几个人根本没停，顺着杂物间跑了过去。姣爷按着胸口刚要喘口气，突然手机又响了，吓得她赶紧按掉，再看屏幕，显示的竟是"邓先生"。这三个字让她精神一振，我的神，他终于来了！什么叫否极泰来，什么叫绝处逢生，她终于有机会翻身啦！

MGM VIP 厅，姣爷已准备就绪。还是那身火辣的红色短裙制服，体态妖娆，妆容精致，充满魅惑，她安静又美好地坐在邓先生旁边。

许久不见，邓先生依然精神抖擞，镇定自若。尤其是他下注时的神情，简直比赌神还赌神。她每次看向邓先生的眼神都是那种既肃然起敬，又崇拜得五体投地。

时而邓先生也看向姣爷，她马上从容地接住这个眼神，再回他一个甜美的微笑。

这默契从何而来？姣爷也不清楚。越说不清的感觉，越叫人印象深刻。

今天邓先生似乎遇到了一个对手，对方是个香港老太太，带了两个随从，浑身上下披金戴银，满手的戒指，晃得人眼晕。

打了几手之后，各赢一半。

老太太时不时瞥向电子路牌，两个随从也不时在耳边低语，商量路数。气氛有点紧张。

荷官问是否飞牌，邓先生点点头，那贵妇老太太也跟着点点头。

飞了两手牌之后，姣爷一看是单跳的路子，只见邓先生一手30 万，押庄。

老太太眼睛放光，迅速也推了 30 万，押闲。

姣爷在边上看得心惊肉跳，这老太太看来是跟邓先生对着干了，这种打法早晚是要被当灯打的。

老太太接过荷官派的牌，开了个 3 点。邓先生接过庄的牌，直接来了个烟土撞三边，8 点。邓先生接过筹码，继续按单跳的路子来。老太太见状，马上跟他反着打。邓先生毫不犹豫地第二手直接杀了老太太。

姣爷大呼过瘾！

老太太额头开始冒汗，要了杯饮料。

第三手的时候，邓先生一把 100 万推上去，再 DOUBLE 一个 30 万。

姣爷一惊，这一步够狠。姣爷最欣赏邓先生这一点，赌起来从不啰唆，从不磨唧。

老太太输了几手之后开始有点上头，不住地擦汗。她推了 80 万到对家。

邓先生押的庄，老太太先开牌，6 点。

邓先生慢慢开牌，心里也多少有点紧张，第一张牌，开了个带颜色的，第二张……姣爷也跟着把心提到嗓子眼，她盼着能来个三边。一看牌，果然正是三边！

邓先生如释重负地笑了一下。他直接把牌丢给了荷官，这把没必要看了，最少是打和，而且一枪过的可能性非常大。

众人紧盯着开牌，荷官接过牌一开，果然是 7 点！邓先生又赢了！姣爷兴奋地大叫一声。

老太太气得脸都发紫了，身边两个随从也跟着不住地叹气。

姣爷忍不住夸张地笑道："你真的太厉害了！"

邓先生淡淡一笑，潇洒地打赏荷官，同时也给了姣爷小费。

姣爷正喜不自胜，突然他凑到姣爷耳边小声道："你要不要试试？"

姣爷装傻充愣地含糊过去，她当然明白邓先生的意思。在赌场里混这么多年，男人这点小心眼小把戏她看得清清楚楚。

邓先生若有所思地笑笑，片刻把一堆码推进柜台，等着兑码。

就在等兑码的空当儿，姣爷不甘心道："手气这么好，不该停的！应该一鼓作气，多赢几把。"

邓先生神情自若道："来日方长嘛，你急什么？"

这话说得意味深长，此刻邓先生的眼里全是暧昧，而姣爷的眼里却只有小费小费小费！

"我不是想你吃肉我喝汤嘛。"说着姣爷晃晃手里的筹码。

邓先生突然一把拉过她的手，塞进一张房卡。

姣爷还没反应过来，邓先生马上接口说："3109，上去等我。我见个人很快上去。"说着邓先生站了起来，对柜台嘱咐了一句，"这些先存着。"接着再把外套塞给姣爷，大步离去。

姣爷的脑袋空白了数秒，拿着外套再看看手中的房卡，一脸纠结。

3109，去还是不去？！

小心翼翼地打开房门，再仔细地环顾四周，屋里没有人。

她呼出一口气，拿着外套走了进去。

这个豪华套房果然金碧辉煌，她顺手将外套扔到床上，刚想往床上一躺，眼睛却被什么东西晃到了，她赫然发现了桌上的一堆筹码。

她不自觉地走过去，这套房再金碧辉煌都抵不上这筹码来得耀眼。

姣爷拿起筹码一看，全是大面值的，这一堆足有近千万。

这些筹码太有诱惑力了，她死命地抓在手里，久久不肯松开。只一个，一个就能解决她的大问题，那一张 100 万面值的塑料卡，在邓先生那里不过是个不上心的玩具，在姣爷手里可是救命稻草啊！姣爷紧紧盯着那堆筹码，她的头快炸开了。

姣爷匆匆走出豪华套房，迎面一个服务生端着个托盘走来，托盘上面放着一个烫金的信封。姣爷盯着那个信封觉得刺眼，现在看见信，她脑子更乱。

"怎么样？现在看到信的心情和以前不一样吧？"

是教授?! 姣爷吃惊地回头四下寻去，没错，是教授。他们素未谋面，可是姣爷觉得此刻他就在身边。

"'长恨人心不如水'，知道下一句吗？'等闲平地起波澜'。"

是教授，真的是他。

姣爷知道他一定躲在哪里。她冲着空气说："哦，抱歉，我没回信，我最近，日子过得有点乱。"

话落，姣爷这才意识到，此地不宜久留。

太危险！此时她已顾不得教授，快步疾走，她要马上离开这个地方。那 100 多万的筹码一刻不能多等，她要马上交到三哥手上。

Daniel 快步跟上她，姣爷躲开他，继续快走。

"你自己说过，信就是千里之外的眼睛，它能注视人心，无论是下流的欲望还是危险的念头。"

Daniel 的声音无处不在。

姣爷生气地想甩开这个声音，被人跟踪的滋味她受够了，即使他是教授，一样不受欢迎。

她甩开他，掉头往回走。结果那声音又来了：

"我喜欢你的那句话，滚床单的热闹会变成滚钉板的惨叫，很多事情开始很美妙，但到了最后就不妙了。"

姣爷只好扭头朝电梯走，她烦躁地说："别给我上课了！人生就是这样，自以为走投无路的时候，那是上天让你去撑船。"

"三千弱水深啊，船工这个行当自古就不是那么好干的，回头是岸，要不然会死无葬身之地的。"

姣爷气得叫喊道："闭上你的臭嘴，为什么这时候跳出来看我糗事，早一分钟，我还没把筹码装进口袋的时候，你死到哪儿去了？"

她干脆跑起来，朝电梯口狂奔。不想这一跑却将藏在内衣里的那些筹码漏了一地。

这下她慌了，捡还是不捡？跑还是不跑？

　　"你东西掉啦，你的筹码掉了。你要记住人生没有捷径。"

姣爷疯一般叫道："不要跟我谈人生。你根本不懂什么叫绝处逢生！"

　　"要想绝处逢生，首先要悬崖勒马！"

姣爷捂着耳朵闭着眼喊道："滚——"

突然叮咚一声音，电梯门开了，姣爷吓了一跳。

电梯里挤满了人，教授竟然也在其中，他是紧盯自己的恶魔还是守护自己的天使——

Chapter 14

【我陪你去美国跨年】

门把轻轻一转，门开了，邓先生神情自若地走了进来。

一进门，他先看到的便是桌子上的筹码。那堆筹码太打眼了，想不看到都难。

那叠筹码居然还在，他有些意外。他经历的女人，有谁对那个不动心的？更何况是欠了一屁股债的姣爷。

对女人犹如对手头的筹码，一打眼，他就能看出个子午卯酉。这个姣爷却有几分让他看不透，越是看不透，他越是觉得有意思。

他四下望去，还未见其人便听到了姣爷的声音："你回来了。"

姣爷把外套挂到衣架上，正准备放进衣柜里。

邓先生随手摘下手表："我以为你已经走了。"

　　姣爷笑笑："正准备走。您的送洗衣服正好回来，就耽搁了一下。"

　　邓先生忽然走到姣爷身边，抓住了她的手臂："不急。"

　　邓先生那么近地看着她，鼻尖马上就要蹭到她的脸。

　　姣爷紧张地躲避开邓先生的目光，嗫嚅着："既然你不开工，我该走了。"

　　邓先生依然不松手："有护照吗？"

　　姣爷已紧张得额头渗出汗来，微颤道："有。"

　　邓先生用鼻尖蹭了蹭她的脸："跟我去拉斯维加斯跨年吧。怎么你一手的汗？"说着慢慢松开了姣爷的手臂，温柔地握住她的手。

　　姣爷犹豫再三，轻轻抽出了手……

　　回凌姐家的路上，姣爷心绪不宁。

　　平时骑着摩托车穿过这条小巷，闭着眼都不怕。可今晚她竟差点撞到巷子里的路边摊。

　　手心还在冒汗，邓先生的话反复袭来："跟我去拉斯维加斯跨年吧。怎么你一手的汗？"

　　"邓先生，你的好意我心领了，但……我得留下来上班。你再来澳门，我一定尽地主之谊奉陪。"

　　她记得最后她是这样说的。

　　姣爷完全明白邓先生的言下之意，混迹赌场这么多年，青春懵懂的年纪她已然内心苍凉。每次恋爱都无疾而终。她总是在寻找安全感，哪怕老爸在世都没有给过她。她想要的依靠、她想要的人生挚友，始终都没有出现。必须说，她对这个邓先生有微弱的好感，他精明儒雅，品位不俗，有着很好的教养，甚至当他靠过来的时候，她心跳加速。那种感觉很久都没有过了。但姣爷知道，这并不真实，邓先生这样的男人很难真对谁动心，而自己当然也不打算当一回奋不顾身飞蛾扑火的炮灰。

姣爷就这么魂不守舍地走到凌姐家门口，一抬眼立刻傻了。

大门上已被泼了红漆，不用问，"追数公司"果然找到凌姐这儿来了。

姣爷狠狠地骂了一句："靠！浑蛋，又来这套！"

推开房门，家里已面目全非，一片混乱。

三个小孩子，五六岁的样子，正在屋里疯跑。一个耍着闪光剑，另一个举着水枪乱射，还一个站在沙发上哇哇大哭。"追数公司"居然用这招儿，放三个孩子过来折磨凌姐，这是什么恶心招儿？

再看看凌姐，颓然地坐在角落里，早已是满面泪痕。凌姐一看见姣爷，立即转身去了厨房。她不想姣爷看到她那个无助的样子。

这三个孩子看到有新人来了，又大肆闹起来。

姣爷顿时气得火冒三丈。只要谁惹凌姐不高兴，她一定会拼命。

她一把抱下站在沙发上的孩子，怒吼道："你给我下来！再敢站沙发上，看我不打烂你屁股！"

小孩儿吓得顿时大哭。

"不许哭！再哭我再打！"姣爷怒气冲天，不依不饶。

果然小孩儿止住了哭声。另一个稍大点儿的孩子冲姣爷嚷道："你敢！我爸说你欠我们钱！"

姣爷冲过去一把夺过他手里的闪光剑，拍在桌上："你看我敢不敢！欠钱是我跟你爸的事，关你屁事。你小孩子懂什么！你爸有本事让他找我，搞这种下三烂的方法不是男人！"

几个孩子被姣爷这气势吓着了，都不说话了。

"都给我去洗手，然后老实坐着吃饭！"

最小的一个怯怯地说："凌姐刚给我们吃完饭。"

姣爷顿一下，喝道："那就给我老实坐着！"

说着她又爬上阁楼，从楼上顺着楼梯把几本书扔到桌上，全是《唐诗三百首》《古代诗词选》之类。

"给我背诗！一人三首，背不下来晚上不许吃饭！"

三个小孩儿完全被姣爷气势所震慑，三人互相看看，面面相觑。

姣爷"啪"地一拍桌子又大喝一声："还不赶快！"

大的带头赶紧老实坐到桌前，翻开书开始念起来。

安抚住他们，姣爷这才去了厨房。

凌姐一人正无言地吃一碗炒饭，边吃边掉眼泪。

见姣爷进来，凌姐忙转过身，不想让她看见自己的眼泪。

姣爷怎么可能看不见，从小到大，她最常看到的就是凌姐的眼泪。她心疼地走过去搂住她，内心歉疚无比。自己已经这么大了，可还是保护不了凌姐，还是惹得她眼泪不断。

姣爷抚着她的肩膀，重重地说了三个字："对不起。"

凌姐不说话。抹了一把眼泪，喉头哽住，一句话也说不出来。

在姣爷还是阿姣的时候，她经常在这样的夜，跟着老爸躲到凌姐家来。

那时凌姐的眼泪总是在眼眶里打转，灯也不敢开。她一边抱着儿子蜷在沙发上大气不敢出，一边还得紧盯着大门，生怕那些讨债鬼夺门而入。

果然，那些人还是找到了这里，猛拍着大门，乱吼一通："焦大，你给我出来，我知道你在里头。快出来，再不出来一把火把这房子烧光……"

谁也不敢说话。凌姐的眼泪更凶了，她死命地用手捂着嘴，生怕发出一点儿声音……

想到这里，姣爷的眼眶一片潮湿。她迅速抹了一把眼泪对凌姐说："你放心凌姐，我会尽快解决。我一定能解决的……"

拉上行李，带着如同上战场的决绝，姣爷对着"不要接"大骂："我告诉你，你明天把门给我重新刷了！你出去问问，姣爷这名头怎么来的！凌姐和这事毫无关系，你欺负我成，你敢欺负凌姐，我咒你十八代祖宗！"

挂了电话，她顾虑重重。"追数公司"已经追到凌姐这儿来了，还放了三个孩子，下一步估计要动手了。所谓动手当然不是简单地打你几下，后面的危险恐怕自己想想都害怕……没有时间了，三哥叫她一个月内还上钱，已经是给她面子了。

她把那个小行李箱绑到后座上，骑着摩托车消失在夜色里。

阁楼里的凌姐，听到摩托车的声音，心一揪。她知道拦不住这丫头。快速跑到窗边往下一看，连个人影也没了。凌姐一闭眼，泪又掉了下来。

姣爷骑着摩托车一路开到了澳门西湾大桥。耳边除了风声，就是她刚才打电话的声音。那声音她自己都讨厌。她竟然能把那句话说得那么自然和流畅：

"邓先生吧，我行李收拾好了，我陪你去美国跨年……"

Chapter 15

【从来没人跟我说过这句话】

从来没有这样的心绪不宁，姣爷深知答应这趟美国之旅意味着什么。陪赌赚小费，恐怕不会再是这么简单了。但是此时此刻她还有其他选择吗？这重重的心事和委屈她似乎除了教授再也找不到第二个人可诉说。

"回信晚了。教授，谢谢你给我上课。那天，就算是做梦吧，那天我好像见到你了，还对你大喊大叫骂了脏话，我想这是我们互相信任的标志。最近这几天伦敦好像一直在下雨，要记得带伞。看你的信，让我学会了翻字典、逛书店。你说有人'去国怀乡，满目萧然'，有人'竹杖芒鞋轻胜马，一蓑烟雨任平生'。而我两种都不是，我是'黄沙百战穿金甲，不破楼兰终不还'……"

是的，犹如出征的战士，姣爷必须要在拉斯维加斯搞定这100万。

Daniel边开车边琢磨这两句话："黄沙百战穿金甲，不破楼兰终不还。"

这丫头脑瓜里都想的是什么？这是要蟾宫折桂去了？

加州的阳光如金子般一泄千里，到处晃着金灿灿的光。

Daniel驾着跑车一路飞驰。

爷爷、奶奶都戴着墨镜，坐在后座。开了半天也不知Daniel要去哪里。奶奶忍不住问："大牛，你这是要带我们上哪儿啊？"

"到了您就知道啦！这几天我安排了工人修房子，正好让您和爷爷躲开好好休息休息。"

Daniel早就计划好了，现在修房子都是小事，真正能打动两位老人的心那才是头等大事。

跑车飞速驶入拉斯维加斯，一路欢歌笑语，Daniel使出浑身解数来调节气氛。一架私人飞机正好掠过他们头顶。Daniel瞟了一眼，继续开车。他不会想到他的失恋少女此刻正坐在里面，还有那位邓先生正牵着她的手，谈笑风生。

拉斯维加斯是美国内华达州最大的城市。它从一个不起眼的破落村庄，到跻身世界三大赌城之一的国际大都市，只用了十年。200多座赌场争奇斗艳，成千上万台的老虎机纵横交错地摆满了整个大厅。无论你走到哪里，那丁零哐啷的声音充斥着你的耳膜，仿佛进入了一座光怪陆离的迷宫。据说这里的空气含氧量比外面多了 60%，就是为了让你不知疲倦地赌下去，永远处于一种战胜老虎机的亢奋中。

如果你穷困潦倒得只剩几美元，那么你一定要去拉斯维加斯，很可能咸鱼翻身，从此平步青云；如果你钱多得花不完，那么你一定要去拉斯维加斯，几天之内让你做回流浪汉，潇洒走一回。

一面是天堂，一面是地狱，这就是爱恨交织的拉斯维加斯。

此刻拉斯维加斯灯火辉煌，热闹无比。喷泉飞舞，秀场动人。街道两边的赌场一个接一个，每个赌场都按照一些著名景点布置，每个赌场都有自己的酒店和停车场。为了招揽生意，赌场酒店的费用比一般大城市酒店要便宜，停车场全部免费。那一个个门口闪烁着五彩霓虹的赌场，活像一头头张着血盆大口的洪水猛兽，无时无刻不贪婪地吮吸着人们口袋里的财富。

白天的拉斯维加斯生意清淡，到了晚上，气氛立刻变得像过节一样。五彩缤纷的灯光一下子激活了这座城市。街上的裸男大搞行为艺术，拉着奶奶冲她飞吻。奶奶紧张又可爱地冲他摆摆手，赶快脱身。爷爷忙伸手捂住奶奶眼睛不让她看。Daniel 在一旁大笑，其乐融融好似一家人。

姣爷下了飞机换好衣服便跟着邓先生直奔赌场，一刻不停留。

这是世界三大赌城之首，这更是姣爷的战场。

她要在这里拿下 100 万啊！

同样的老虎机、同样热闹的赌客，除了多了些老外的面孔，其他与澳门毫无二致。只是来拉斯维加斯的，多半还是旅游，赌博只是娱乐项目。而澳门就不同，拿着钱直奔澳门的基本都是为赢钱去的。

空气里弥漫着浓浓的烟草味，姣爷娴熟地穿梭在赌场中，正好与Daniel擦身而过。

显然爷爷奶奶都是第一次来赌场，一切充满新奇。奶奶一脸兴奋，爷爷还要拼命做出矜持的样子，生怕被人看出他是第一次来。赌场里最特别的地方就是没有钟，房顶都做成蓝天白云的风景图，让你忘记时间，一直一直赌下去才好。赌场也从不关门，赌累了楼上休息，休息好了再接着赌，几天几夜不合眼的人也不在少数。

姣爷穿着漂亮的礼服裙陪在邓先生左右，赌台前已围了个水泄不通。气氛越热烈，赢的氛围越好。

姣爷显然与那些观光客不同，她对那些吃喝玩乐完全不感冒，她的目的只有一个——赢钱！

姣爷边掷色子边看向邓先生，两人眼神一碰，色子掷出，又赢了！

看客们开心地鼓掌。邓先生趁机亲了姣爷一下，她没拒绝。

赢得盆满钵满，之后，邓先生把姣爷带到了酒店豪华套房。

套房里摆了一架钢琴，姣爷走过去随便弹了几个音符。表面波澜不惊，内心却七上八下，她不知接下来的情况会是怎样。

邓先生拿着酒从后面过来，环抱住她，温柔地说："还会弹钢琴？"

姣爷浅笑："不会，小时候没机会学。"

邓先生抱住姣爷，闻着她的头发，情不自禁地抓起她的手："我怎么也不能把这只手和砍刀联系在一起。"

话落，姣爷惊愕住："这个你都知道？"看来这个邓先生早就调查过她了。

邓先生淡淡一笑："做过一点儿小研究。"

没有这个小研究，他也不会轻易带这个女人跑到拉斯维加斯来。这个姣爷命硬克牌，小小年纪连庄 21 把，跟她在一起赌还真的是逢赌必赢。更令邓先生动心的是姣爷身上那股豪气，这可不是每个女人身上都能有的。自己在生意圈厮混多年，每每狭路相逢绝处逢生的时候靠的就是一股天不怕地不怕的勇气和豪气。因此，对姣爷，除了对女人的那点好感之外，似乎还有着一种说不清道不明的惺惺相惜。

姣爷不动声色道："还听说什么了？"

"剩下的听你自己说。"

邓先生把她的肩膀转过来，仔细地睨着这张脸。这是一张精致有味道的脸，烈焰红唇，明眸皓齿，最吸引他的是那双眼睛，笑的时候弯弯的，灵气可爱，不笑的时候，倔强冷艳，有股致命的吸引力。

十五岁的姣爷还不叫姣爷，叫阿姣，一张稚嫩的脸，瞪着大大的眼睛，穿着件朴素的白衬衣，手上提着的却是一把砍刀。

她红着眼，面对一帮黑社会，毫无惧色。小喽啰们都被她这股气势吓到，不敢往前。

阿姣声嘶力竭地大叫着："放我爸出来！放我爸出来！"

一路喊一路举着刀往前冲，两旁的人闻风丧胆，自动为她让出一条路……

那一幕烙印在姣爷心里不忍回忆。再想下去，她怕会落泪。

夜色愈发凝重，姣爷静静地伏在邓先生的胸口。那一刻，内心是从未有过的宁静——远离赌场的乌烟瘴气，远离人民币的味道，只有两个人的世界，静静地依偎在一起。曾几何时，这个画面、这个想望固执地霸占在心里，她不敢奢望，不想今天却意外地来了，令她猝不及防，又忐忑，又美好。

邓先生轻轻地问："后来呢？"

"欠债还钱来来回回好几年，后来我爸还是死了，死在老虎机旁边，留下一屁股债。当时我给自己立下一个规矩，这辈子再也不欠钱……可是我还是没做到……"

那声音越来越弱。邓先生疼惜地抱紧了她，温柔而认真她："你真让人心疼。"

"从来没人跟我说过这句话。"话落，眼泪再也崩不住地掉下来。

头一次姣爷在男人面前落泪。他的话句句都能戳中她的泪点。在他面前，内心一直紧绷的那根弦，就这么不堪一击地断掉了。

邓先生心里一酸，用力抱住了姣爷，轻轻替她擦去眼角的眼痕。

多年没有这种酸涩的感觉了，对这个姑娘，他有点走心了。

在商界、赌场纵横驰骋这么多年，他遇到的女人数以千计不为过。阅人无数之后，女人对他来说始终只是一个调剂品，甚至更多的是玩物。没有哪个女人不是爱慕虚荣的，他厌烦那样的眼神——看到金钱一脸媚笑，还要故作姿态做出清高的样子。清高是装不出来的，至少在他面前，再有心计的女人也会败下阵来。

眼前的这个女人有点特别，明明骨子里是清高的，却愣要装出媚笑。不用问，一看就是个伤痕累累的女人。表面强悍得像个女侠，穿任何衣服都像穿着避弹衣，骨子里却又脆弱柔软得一塌糊涂，一句话便能让她瞬间落泪。

这样的女人，邓先生莫名地疼惜起来。他紧紧地抱住她，不想松开，就像抓紧那些筹码不想松开一样。

Chapter 16

【 有些相遇是命中注定 】

有那么一瞬间，姣爷曾想过一辈子跟着眼前这个男人。

钻石王老五，谁不想一辈子占有？

再彪悍的女人，口口声声喊着要出人头地的时候，只要遇见了心仪的钻石王老五，谁还想没完没了地打拼？

只是眼前的这个钻石王老五，她能 HOLD 住吗？

夜已过半，姣爷看着旁边熟睡的邓先生，心绪难平。

哪儿还睡得下去？头脑阵阵发热。

她坐起身，轻轻走到阳台边给自己倒了杯红酒，再回头看着床上熟睡的这个男人，竟觉得有些陌生。

冷静下来，心里更多的是不安。对于男人，她一直想要的是安全感，这个邓先生能给她吗？每天他游走于世界各地，下次见面又会是在何夕？她甚至都不能问，这种傻问题问出来她自己都觉得可笑。桌上的筹码你都留不住时，又怎么妄想去留住男人的心？更何况他是邓先生，家财万贯，他会为谁停下脚步？

无措地靠到阳台边，邓先生发出微微的鼾声，那么近，又那么远。近时，她可以随时摸起他的脸；远时，他们又隔着两个世界，沉渊万丈。

也许有些相遇是命中注定，避无可避。

"教授，你说所有关系都是自欺欺人，恐怕也太悲观了些，我相信人生总有些相遇是命中注定。"

此刻的姣爷突然想跟教授说话，阳台边好似有他的影子。

"它可能出现的方式未必合乎情理，但不一定就不美好，就好像海莲和 frank 的相遇，起源于卖书的一则广告，所以说生意场上也不一定就没有真感情。"

教授果然现身，他看到了床上的男人和眼前的姣爷，意味深长地笑笑。

"我的经验，有钱人看待男女关系的准则是，千万别谈感情，太伤钱。"

这又是什么话，刚给她些希望，又将她打回谷底。她承认对她来说，有钱人一直是另一个世界的人。在那个世界里，难道久真的没有情感，只有金钱、筹码。

　　"不好意思我这几天可能没法回信，我在出差。"

姣爷不知道怎么回答他，没头没脑地说了一句。

她喜欢和教授对话，跟教授在一起她才有一种真正的安全感。她跟教授的世界里，没有钱没有性，好像什么都没有，只有纯粹的情感交流。现在这世道，谁还愿意跟一个素未谋面的人大谈情感呢？除了教授，谁还有这个闲心理她？想到这儿，心里的满足感缓缓散开。

一个遍体鳞伤的女人，即使是一个素昧平生的问候，她都是心怀感激的，更何况他是教授。

Daniel 陪着爷爷奶奶转了一天，吃过晚饭才返回酒店。

这家酒店叫纽约纽约，酒店里到处都是纽约风格的建筑模型。Daniel 一手提着一套婚纱礼服袋，一手打电话："明天上午所有时间我都包了，对，不要再安排其他客人，OK, thanks!"

安排妥当之后，Daniel 正打算回房间，却意外地发现拐角处的小酒吧外挂着《查令十字街 84 号》这本书的海报。走过去细看，还有一张女作家的照片，上面写着纪念海莲·汉芙诞辰一百周年，真没想到，2016 年竟然是她诞辰一百周年。

Daniel 不禁在海报前驻足，这本奇妙的书就像一个影子一样无处不在啊。

他随手拿了一张宣传资料，走进了这家酒吧。

里面正在办一场小型的读书会，主持人朗读，其他人边喝酒边听，气氛温馨。

只听那人念道："……我住在一幢白蚁丛生、摇摇欲坠、白天不供应暖气的老公寓里，整幢五层楼的其他住户早上 9 点出门，不到晚上 6 点不会回来……"念到这儿又停顿一下，指着背后纽约老公寓的模型说，"说不定海莲小姐的灵魂现在就住在我背后的这间模型屋子里呢。"

众人大笑，Daniel 也跟着悄然一笑。他找了个位置坐下来，听起来是个有意思的读书会。

他安静地听了一会儿，却发现一耳朵进一耳朵出，根本不走脑子。主持人的影子在他面前渐渐虚化，取而代之的竟都是那个失恋少女。

Daniel 下意识地环顾左右，此刻她在何处？

酒吧的投影上开始放映《查令十字街 84 号》的电影，周围的人闲闲散散地喝酒聊天。

Daniel 拿出笔，随手拿了一张餐巾纸若有所思地写道：

> "把第一封写餐巾上那信扔了吧，谁都有胡言乱语的时候，哪怕是教授。老说我给你上课，其实不敢当，多活几岁总比小姑娘多点见识。"

他想象失恋少女的样子——面带淡淡的忧伤，又一脸的单纯，笑的时候非常可爱，瘦瘦的，面色苍白，大概就是这个样子吧。

Daniel 抬起头，好似她就坐在对面，一脸的天真无邪。

"收到你信了，日子过得有点乱是什么意思？总不会比海莲更乱吧。她可是一辈子住在个白蚁丛生、摇摇欲坠的破房子里呢。对了，今年是她一百岁诞辰。有时候人生如赌博，要是当年她趁着给好莱坞写电视剧本的工夫到拉斯维加斯赌两把，说不定就能凑够钱去伦敦见 Frank 了。"

失恋少女坐在对面使劲点点头。
Daniel 伸手胡噜一下她的头，捉狭道：

"马上新年了，过了年否极泰来，肯定就不乱了。听我的没错。我这几天出差，没法写信。你要好好的。"

说完自己都觉得好笑。那个喜欢称他为"教授"的姑娘，是真的存在过吗？

一阵锐响，手机铃声将姣爷从梦中惊醒。她枕着邓先生的胳膊，迷迷糊糊地去抓手机，一看来电显示，又是"不要接"。
她立刻清醒了，抓着手机跳下床，赶紧去了阳台。
她用粤语说："……谁发烧了？不可能！凌姐不是那样的人！喂，你说话客气点，你要是真担心就该把小孩儿接回家！拿小孩儿当枪使，还提什么爱心！喂，喂，你干什么都冲我来，凌姐跟这件事没关系……这钱我会马上还的！"
挂了电话，姣爷忧心忡忡。刚转过身来，邓先生用浴衣把她紧紧搂住。

"谢谢。"姣爷心里一暖。

"你一说广东话更像姣爷了，可惜我听不懂，没事吧？"邓先生关心地问。

姣爷掩饰道："没事。"

心猿意马间，姣爷犹豫万千，为什么说没事，为什么不告诉他自己的困境呢！如果能向他先借 100 万救了急，然后慢慢还上，这是不是也算是个办法？

挣扎了半天她终于开口："其实有事，我欠了 100 万，还了一部分，但还剩不少。"说完有些羞愧地低下头。

头一次她主动跟别人谈钱，而且还是在一个她稍有好感的男人面前，说完她脸上都火辣辣的。

邓先生看着姣爷，停顿片刻，女人永远是和金钱画等号的，眼前的这个女人也毫不例外，看来自己还是走了眼。邓先生面上并无表情，而是直接起身进了卧室。

姣爷顺着他的身影看过去，心里阵阵打鼓。她不该在他面前提钱，可是她还是提了，她真的到了走投无路的时候。

片刻，邓先生拿着支票本过来，撕下一张给姣爷。面上仍无表情。

姣爷一看，支票上写着 20 万港币。她又惊又喜，无法言语。这是救命钱，她几乎要喜极而泣。

是女人终究逃不过一个"钱"字。他以为姣爷足够特别，看她喜极而泣的样子，也明白终究特别不到哪里去。

邓先生面无表情道："100 万不多，是 5 个 20 万，这是第一个。5 天后我们离开美国，你的 100 万正好拿满。"

这是什么意思？！

还未待姣爷开口，邓先生抢先说："别谢我，谢你自己，这是你该得的。"

一天 20 万，只需要 5 天，这个条件从生意上看多么划算。姣爷楞楞地看着邓先生，昨晚那点温存消失殆尽。邓先生还就是邓先生，他不是姣爷心目中的他，昨晚那动情的一句"你真让人心疼"曾让姣爷卸下了所有的盔甲和防御，而结果就是把柔软的心交出去瞬间被伤得七零八落。

邓先生似笑非笑地看着她，那笑容却突然令姣爷浑身不舒服。

姣爷紧咬着嘴唇，竟渗出血丝来。她突然转身拿过一张便签纸，大笔写上"借条"两字。这钱她必须还，她从没想过要钱，她不能失了身体再失了尊严。

"这钱我会还你。"说完这话，她咬着牙将借条递了过去，一脸的决绝。

邓先生对这张借条略感意外，这姑娘有点意思。有点个性，有点倔强，有点姿色，又有点小聪明，这样的女人一晚 20 万也物有所值了。邓先生看着姣爷的背影，压根没想她会还钱。

拿着 20 万支票，姣爷凛然地走了出去，这一转身却摇落了满眶的泪水。

Chapter 17

【暗透了，才能看见星光】

这天上掉馅饼的事终于让姣爷给赶上了。

可馅饼砸中了她，她却怎么也开心不起来。

就这么漫无目的地走在美国街头，心里竟全是委屈。

她这是在卖身吗？

一晚 20 万，也算天价了。高级妓女也就这个价码了吧。

这个念头涌出来时，连她自己都恶心到了。

她这是在做什么，为了钱，卖身都可以?!

这还是那个当年提着砍刀去救老爸，发誓要让凌姐过上好日子的姣爷吗？若是让老爸知道了，他只会二话不说，一个巴掌抽过来。若是让凌姐知道了，还有脸喊她一声亲妈吗？

一路走，一路有眼泪涌出来，抹了又来，来了又抹，狼狈不堪。

最沮丧最不堪的时候，她总会想起教授。多想这个时候教授能过来给她上课，哪怕说的全是废话她也想听。

那次，生平第一次偷了邓先生的筹码，跑到走廊里时，比这次还要狼狈，她一眼就看到了教授。他只是说了几句话，她就鬼使神差地将筹码还了回去。100万啊，那是救命的钱。可是，那些钱不属于她，她该还回去。

"你说得对，教授，所有的关系全是自欺欺人。这世上没有哪种情感关系是牢靠可信的。你老早就告诉我做人，勿惮劳，勿恃贵，别做白日梦，可惜我瞎了我的狗眼，全当了耳旁风。还'黄沙百战穿金甲，不破楼兰终不还'，呵呵，可惜是'欲将轻骑逐，大雪满弓刀'。"

这次，她还是拿了邓先生的钱，尽管不是偷，可与偷又有何分别？甚至还不如偷！

拉斯维加斯的街头，每个人都笑意盈盈，唯有她满目萧然，这真是应了教授那句古诗。

路边，一群人戴着3D眼镜抬头看向对面的大屏幕。那里正放着3D版的《小熊维尼》。

有人推销3D眼镜，姣爷抓过来戴在脸上，趁机挡住满脸泪水。

一对白发苍苍的老夫妇看得津津有味，旁边大概是他们的孙子，正耐心地讲解。为什么每个人家都幸福安详，只有自己的人生是如此七零八落?! 姣爷快步走过人群，怕敢再多做停留。

看着屏幕上的小熊维尼，奶奶笑得完全像个孩子。

爷爷故作严肃地呵斥她:"老没正形。"

奶奶不理他，转身对 Daniel 说:"大牛，这个在家能不能看啊? 家里有好多小熊维尼，你来家我给你看，可有意思啦!"

爷爷白她一眼:"大人谁看这个。"

Daniel 笑笑:"家里电视要是 3D 的，买个眼镜就能看。"

奶奶开心点头道:" 哦，眼镜! 那回头我买了，你来家我给你看。"

Daniel 搂着奶奶说:"一会儿还带您去个您想去的好地方。"

"好啊，好!" 可说完奶奶也糊涂了，"我想去哪儿啊?"

Daniel 故意卖着关子不说，而是直接把他俩拉进了车里:"走吧，咱们现在就出发，保证我带你们去的这个地方，你们会非常喜欢!"

约半个小时的车程，车子停在了一个教堂门口。

爷爷一看教堂有点蒙了，再走过去一看，只见一块红牌子上写着"林平生先生，童秀懿女士百年好合"，他的脸都红了:"简直是胡闹嘛! 老夫老妻一辈子了，说还没成过亲，这不是笑话嘛!"

边上一个华人牧师笑眯眯地看着他们。Daniel 冲他一笑，赶紧跟爷爷解释:"可是你们没有领过结婚证啊，在一起快七十年没有结婚证多遗憾啊。爷爷，您那几头驴七十年前在中国好使，在这儿可是没人认的。您好意思让奶奶跟您一辈子没名没分啊。"

爷爷犟道:"怎么没名没分，当年我可是明媒正娶的。"

Daniel 开怀一笑:"我说错话了，爷爷，我的意思就是您应该给奶奶一个真的结婚书，那才显得郑重!"

奶奶显然有些动心，看看爷爷，又看看旁边的婚纱。这种婚纱她可是从来没穿过，想都没敢想。

爷爷当然明白老伴儿的心意，犹豫一下说："那也不能穿白的，成亲是喜事，穿白的多晦气呀。"

奶奶赶紧跟了一句："对，对，我也不穿白的，我就穿自己这衣服就行。"

Daniel 犹豫了一下说："那你们等着啊。"说完就跑了出去。

已经到了这一步了，爷爷奶奶的愿望一定要达成。无论如何他都得去借一身衣服来。

姣爷怀揣着邓先生的支票终于硬着头皮走进了银行。那一刻她心虚极了。那张支票如同是抢来的，她环顾四周，生怕有人怀疑她。

兑换了支票，薄薄的一叠美金拿在手里，她掂了掂，一点儿分量都没有。

落寞地走出了银行，四处张望，却又无处可去。她该那这2万多美金怎么办？还钱杯水车薪，不还，再给邓先生送回去，这更莫名其妙，若如此，还不如早晨拒绝直接不拿。姣爷就这么迷茫地站在十字路口，不知所措。快步跑过来的 Daniel 和她撞个满怀。他手里拎着一件红色 T 恤，连说 Sorry。

姣爷目光没有焦点地看他一眼，这时耳边传来教堂的钟声。

钟声再次响起来，那声音叫人安稳平静，姣爷混乱不堪地心似乎忽然有了一点慰籍。

姣爷表情肃穆地走进教堂，悄悄找个位子坐下。边上不知谁放的一个背包。正在举行婚礼，前面一对中国老夫妇身穿红色旅游 T 恤，俩人胸前都写着"I love vegas"，样子十分滑稽。

他们认真地站在牧师面前，显得既紧张又尴尬。

牧师开口说："林先生，你是否愿意迎娶身边这位漂亮贤惠的姑娘做你的妻子，爱她、敬重她……"

牧师话还没说完，就被爷爷打断道："哎呀，你那套闲词电视里我听得多了，我这么大年纪，想选别的也没得选嘛。"

华人牧师尴尬地说："您的意思是愿意，对吧？"

爷爷撇嘴道："愿不愿意，这七十多年还不就这么过来了。老太婆就是有时候爱耍个小性儿，大的毛病倒也没有。"

奶奶老实地点点头。台下的 Daniel 忍不住想笑。

华人牧师转向奶奶说："童小姐，你是否愿意嫁给身边这位英俊老成……"

突然爷爷打断道："行行行了，你一边儿去吧，你那套话不合适我，我自己来说——"说着，爷爷转向奶奶，显得有些尴尬，但又十分郑重，"那什么老太婆，你一辈子不爱动，没事就坐着织毛衣。身体一直不如我好。所以别嫌我说话不好听。八成你会走在我前头。我后来想了想。觉得这样好，你这人笨。我要是先去了，家里这一大摊事你都得抓瞎。你还胆小，来个生人都得紧张半天。你说你这样，让我在棺材里都闭不上眼。对了，你还爱哭，七老八十也改不了，我要是先去了，留你一人儿哭我更不放心……"

说到这儿，老太太眼圈红了。

爷爷继续说："老太婆，人死前有病有灾的多半招人烦。你放心，你再烦我也不嫌你。生老大老二的那几年，你天天找碴儿跟我吵架，我不是忍了吗？我当时都有心休了你，结果不也没有嘛。当然，我脾气也不好，你到了那头儿要是愿意，就好好等我，要是不愿意，就找个脾气比我好的，我也同意。"

老太太忍着泪使劲摇头。

"那就说好了，墓碑上给我空一半儿，回头我把名字就刻你旁边，行吧。"爷爷说完，奶奶已泪如雨下，脸憋得通红，捂着胸口，不断点头。

一席话，简单淳朴，却让原来滑稽玩笑的气氛荡然无存。

牧师感动地说："过了七十多年，还能在耄耋之年有心办婚礼，这得有向死而生的勇气啊！爷爷奶奶，我佩服你们！"说着转向爷爷，"林先生，你可以吻你的新娘了。"

爷爷看着吧嗒吧嗒掉眼泪的奶奶，努力压抑着情绪。

Daniel 却忍不住落泪了，他悄悄低下头。他说不出此时心里的感受，是感动还是内疚，忽然间，他头一次觉得自己有些委琐，策划这个婚礼他有些自己的小盘算，此时此刻，他为自己的小盘算脸红了。

姣爷使劲抹着眼泪，眼圈红红的。她想起了教授的话："问世间情为何物，直教人生死相许。"此话现在想来多么应景。

两个老人就那么安静地站着，看着彼此。终于爷爷爱怜地帮奶奶拽拽一个窝在 T 恤里一个翻在 T 恤外的领子："快把这衣服脱了吧，丑死了。"

奶奶破涕为笑，这世间最让人动容的笑就是这含泪的微笑了。

Daniel 表情复杂地看着他们，眼里既有羡慕，又有一种不可名状的痛。

"靠！Daniel，你丫忒过分了！"他骂了自己一句。眼泪即刻就要下来。最把他被瞬间击垮的就是这浓浓的含混着亲情与爱情的深情。为了房子，他竟然连婚礼都准备好了，而且还进行得如此完美，连他自己都跟着感动落泪了。这算什么？导演编剧他一人全兼了，剧情都演了一大半了，他都没跟演员交代实情，接下去他该怎么演？

姣爷看着这对老人，泪眼迷濛。她好似听到了教授在门口唤她，只有教授能带给她希望。她顿悟般地抹了抹眼泪，快步走出教堂，而忽略了身旁座位上的背包里正放着纪念《查令十字街84号》的宣传页。

外面阳光灿烂。被这样的阳光温暖着，姣爷豁然开朗：

"暗透了，才能看见星光。向死而生这句话太有劲儿了，死都不怕，人生还有什么过不去的坎儿！"

这话她要说给教授听。她好像看到教授正冲她赞许地点头微笑。

"That's my girl！"教授回应着她，满眼的鼓励。

姣爷心里暖暖的，一如今天明灿的阳光。

Chapter 18

【铁证如山】

是交易，总会暗藏杀机。

这世上连免费的午餐都没有，更何况是交易。要说比人心更冷酷的只有交易。

交易面前，没有儿女情长、男欢女爱，有的只是刀光剑影、危机四伏。

如果你贪婪，或者你大意，误以为交易也可以就着感情来谈，那后果不光是颗粒无收，而且会情绪失控，一败涂地。

姣爷当然明白这里面的利害关系。她向来没有做生意的头脑，她只知道欠债还钱，赌桌的规矩她懂；但交易，尤其是跟大赌客交易，她没有这个能耐。

思路捋清了之后，她只有一条路可走：尽快结束交易！

邓先生的钱不是随便能往兜里揣的。

拉斯维加斯的赌场就像一个大熔炉，把各种贪婪、欲望搅拌在一起，加热升温，令人血脉贲张。

姣爷大步流星地走进去，伴着老虎机的声音——丁零咣啷，丁零咣啷，她美目流盼，神情自若。手里握着筹码，自信满溢。

丁零咣啷，丁零咣啷——老虎机的声音从未停歇——从十五岁开始，伴着这个声音一路走来，姣爷披荆斩棘。

十五岁那年，阿姣满脑子只有一个信念：她要赢，她要救老爸！

四处东拼西凑借了一万块，阿姣直奔堵场。她的目标是 20 万，只要赚到 20 万，老爸就有救了。

正当荷官看没什么人投注了，喊了一句："NO MORE BET, PLEASE……"

这时就看到十五岁的阿姣匆匆走过来说等一下，便下了 1000 的闲。众人都看着这个小姑娘觉得好笑，所有的人都押的庄，只有她一人押闲。周围全是不怀好意的目光，越这样，阿姣越果断。她目光坚定地说："发牌吧。"

没想到第一局，真的开了闲。

她接过赢的筹码继续第二局。

别人打庄，她打闲；别人打闲，她打庄。一旦有人跟注，她就收回筹码。这样一个打法，这叫"打明灯"。她是从老爸那儿学来的。

这样打了几局，都是阿姣连胜。好多人都走了，都不屑跟这个黄毛丫头赌。

就这样她陆陆续续赢到了三万。

当她犹豫不决的时候，她便小声问荷官："下把买什么？"

荷官说买庄，她一定买闲；荷官说买闲，她一定买庄，永远反其道而行。把在场的看客都看蒙了，这是种什么打法？

在输了三局之后，阿姣突然开始发威了。当时已连开 8 个庄了。所有的人都不敢再押庄了，阿姣却义无反顾地押庄，连荷官都替她捏把汗。

赌桌上只剩下三个人了，已没人再敢跟她斗胆量。大部分时间成了阿姣一个人在下注。

阿姣一次次紧张地落注，一次次开盘，当她连庄 20 把时，周围所有的人都惊异地发出了尖叫。

已分不清是白天还是黑夜，就在打第 21 局时，连荷官都要换班了。这时阿姣咬着牙全力推出了所有的筹码全押了庄，在场所有的围观者都惊呆了，全场目光紧张地等待开盘……

最后开盘，竟然真的是庄，阿姣大获全胜，连庄 21 把！从一万块赢到了 20 万！老爸有救了，他的 20 万赌债还清了！她兴奋地大叫一声，热泪盈眶，全场沸腾了。一个十五岁的黄毛丫头竟然连庄 21 把，奇迹就是这么发生了。从此她不叫阿姣，她成了姣爷……

年少时的那段记忆如泄闸的洪水喷涌而出。那是她曾经创下的辉煌，十五岁的她能做得到，今天一定也能做得到。

洗牌、发牌、开盘……目光如炬的姣爷全身心投入战斗。手里拿着邓先生的 20 万港币兑换的美元，她再没有退路，她必须赢。

要活命也得有尊严地活，为了几个臭钱，她不能下贱成这个样子。

那个信念再次跑出来——她要有尊严地活，她要让凌姐过上好日子！

沉稳地推着筹码，一局局地押过来，姣爷不慌不忙，临危不乱。片刻已连赢数局。

姣爷曾经总结了一个口诀：见庄跟庄，见闲跟闲，见跳跟跳，损三暂停，亏五赢六，止于五五。

第一手一般不下注，若第一手开庄，则跟买庄，直跟至庄断。若第一手开闲，则跟买闲，直跟至闲断，不买和，也不计算和。若原来跟庄，庄断后，闲开始时，即改跟闲，直跟至闲断。同理，若原来跟闲，那么闲断后，庄开始出现时，直跟至庄断。如此不断重复。一般都会出现均衡的开率，庄庄庄闲，庄庄闲，或者闲闲庄。但又以开庄最多，有时会开到10，等开到连庄15把时，那么嫌大钱的机会就来了。就像当年她连庄21把那次，翻了多少倍。

再总结前人的玩法秘诀，综合起来有三条：

第一，连庄或连闲五六把之后，反向押注，如果连输两把，那么认栽一次，以免几分钟输光身上所有的钱，"少输当赢"绝对是一句名言。第二，连庄或连闲连续三四把之后，可适当下注赌"长连"。如果中了，继续赌"长连"，因为这种下注不会被长庄或长闲套死。在另有人赌庄闲时，这一招可谓相当有效。第三，出"和"的原则：不出就一直不出，要出就集中出。也就是几十把都不出和，一旦出和，十把之内就有三至五把和。如果要赌高赔率的和，那就看见台面前几把有一两个和的时候去押几把和。

　　当然能总结的规律也不是万能贴，还要看临场发挥，要看现场庄或者闲谁强谁弱。最重要的就是头脑不能发热。一般面前筹码多的时候，谁都不会紧张；一旦桌面的筹码越来越少时，人也就开始慢慢崩溃。

　　初到陌生的地方，尤其是像拉斯维加斯赌场，姣爷心里完全没底，为了让自己稳一点儿，她直接将筹码放进包里。前面的筹码用完了，再从包里拿出新的来打散。这样直接屏蔽掉筹码对情绪的影响。

　　刚开始，她把把打，从不上头，一旦开始连输，她就换台，要么就停，不DOUBLE，不ALL IN，稳中求胜，戒骄戒躁，永远面带微笑。

　　她暗暗观察赌桌上赌品好的人，确定了一个目标后，她便跟着对方的节奏。当她打的时候，发现对方和她的想法不一致时，她便收回筹码。每次她收回筹码时，对方也会减半，彼此之间好像都有默契。

　　慢慢地筹码逐渐堆起来的时候，姣爷开始发力。

　　对方跟的牌局，她便开始加注，或者DOUBLE。就这样，一把把加注，赢得一丝不苟。任凭其他赌客多么慌乱，她始终保持微笑，坐怀不乱。

　　周围的看客一片叫好，那场面又好似回到了十五岁那年。

　　姣爷一阵恍惚，她面上没有一丝兴奋，除了紧张，更多的是沉稳。她暗暗盘算着，又一次把筹码全部押了上去……

　　忙活完爷爷奶奶的婚礼，Daniel有些莫名的心虚。

　　登高必跌重，有时策划得越完美，后患也就越无穷。他的心虚莫过于此。

尽管心里发虚，场面还是要撑住。从教堂出来，Daniel 直接带爷爷奶奶去了预先订好的湖北菜馆。知道爷爷是湖北人，当然首选湖北菜。

包间内装潢得喜气洋洋。喜酒，喜茶，像模像样。爷爷奶奶看着接二连三的惊喜，感动得泪眼婆娑。

爷爷崩不住地说："你这个臭小子，心思倒细，真难为你了。"

奶奶也走过来拍了拍 Daniel 的肩膀感动道："大牛有心，这点特像咱孙子。"

眼看着两位老人要泪奔，Daniel 赶紧张罗道："爷爷奶奶快坐，先看看菜单，不合胃口的我再换。"

爷爷刚想张口，手机就响了。这个电话竟然令 Daniel 有些紧张。

爷爷接起电话："喂？啊？你等一下我听不清。"说着走出了包间。

奶奶见老伴儿走出去，忙跟 Daniel 说："大牛，回去房子修好了，我让爷爷把房子卖给你算了！"

奶奶说的话正是他忙活这一段最想听的。然而此时，当事先所有的计划全都奏效之后，他却犹豫了。这出戏还要继续演导下去吗？他觉得自己这么对待这样两个老人，一定会遭报应的。

他吞吞吐吐道："我其实不合适，我还没成家。爷爷说得对，要找个好人家买。为不够好，回头仔细帮您选个好买家。"

这是他的真心话，这出戏他真的有点演不下去了。打着正人君子的招牌干龌龊事，他觉得良心上怎么都过不去了。

当 Daniel 还在左思右想中，爷爷突然铁青着脸走回来，狠狠地瞪了他一眼，拉起奶奶就要走。

这一瞪眼，Daniel 更心虚了。

奶奶一怔，忙问："老头子，这是要去哪儿啊？这不是要吃饭吗？"

爷爷气愤道："不吃了！"

Daniel 赶紧站起来，试探地问："怎么了爷爷？"心里早已七上八下。

爷爷生气地瞪着 Daniel："当男人要仰不愧于天，背后搞这些阴谋诡计，下作！"

奶奶在一边更不明白了："你这都说的什么呀？"

爷爷索性挑开了："他都要拆咱家房子了，不知道什么时候骗我签了一个放弃房产权的声明。"

"啊——"奶奶大惊，难以置信地看向 Daniel：不会这样吧，daniel——

Daniel 在奶奶的目光下羞愧地低下头。

爷爷拿出结婚证书，告诉奶奶："为什么张罗咱俩成亲？有了这张成亲证，就算房产证上只有我一个人名字，这房子也算咱俩共同财产。他知道我不同意，想骗你把房子卖给他！"

奶奶惊呆了，不可置信地看着 Daniel："不是这样吧，大牛？"经过这段时间的相处，她俨然已把大牛当成亲孙子了。

Daniel 再说不出话来，他已经颜面扫地，不知道该怎么跟奶奶解释了。爷爷说得没错，对这套房子他确实处心积虑，自编自导自演，能用上的手段，他几乎都没浪费。

爷爷一把拉过奶奶，继续说："还用问吗？要不是 Alice 打电话说恭喜批下来了拆房申请，还不知道要像傻子似的被这小子骗到什么时候！Alice 说我的弃权证书也收到了，铁证如山！"说完失望又生气地摇摇头，拉起奶奶就走。

Daniel 尴尬地站在原地，真没想到他会死在 Alice 手里。真是人算不如天算，这下他再怎么解释都没用了。

姣爷从赌场回来已是深夜，回到酒店的豪华套房，她毫不犹豫地推门而入，她知道邓先生正等着她。

毫不迟疑地，她把 26000 美金的现钞放在那张桌子上："这是 26000 美金，按今天汇率应该不止 20 万港币，多出来的算利息好了。"

邓先生惊讶地看着姣爷，奇怪她哪儿来这么多钱。

"邓先生，我得谢谢你。早上出这扇门，我想我要是赢了，就把这钱扔在你脸上。但是现在我觉得我这想法错了。我越界了。在你看这是生意，是交易，是我一时糊涂想多了。因为我一直固执地认为赌场上除了利益还有点儿别的什么。"

曾经那么几个瞬间，姣爷是喜欢过他的。赌场上除了输钱就是赢钱，谁会掺杂进感情？她确实一时糊涂想多了，所有的大赌客都是邓先生，你以为他真的姓邓那就太天真了。

邓先生站了起来，有些尴尬："阿姣，你这话说得难听了。"

姣爷笑笑："是吗，那我先道歉，但是不管怎么说，谢谢你又给我上了一课。"说着她把手伸过去，笃定地看着他。那眼神里没有一丝一毫的企求。

姣爷的手伸在半空，等着邓先生回握。他表情复杂地望着她，迟疑了一会儿，才温柔地牵起那只手。

"怎么会有你这种女人，你让我出乎意料……"他边说边握紧了那只手。

姣爷想松开手，却动弹不得。

邓先生语气一转道："我们不说这事了，你快收拾一下，明天陪我去纳斯达克敲钟。我还从来没遇到过哪个女人值得带进生意圈的。这钱……就算是个考验吧。"

姣爷冷淡地笑笑："我高中没毕业，就是讨厌被人考来考去。"

邓先生仍死死握着她的手："再考虑一下——"

姣爷使出全力，终于抽回了手："我是来告别的。谢谢你帮我翻身，我会念你的好。"说着起身，拖出她的行李箱。

邓先生愣住了，那一瞬百感交集。这个女人他是打算带在身边的。第一次在套房，他的100万筹码就已经考验过她了。那次她没出错，但他并不信任，但这一次，他是被惊到了。他没想到姣爷的那张借条竟是认真的，更没想到姣爷确实不愧为姣爷，那样的情绪下竟能沉稳干练地大赢一把！

姣爷径直走到门口，停顿一下道："对了，麻烦你帮我把那张借条烧了吧，我这辈子真的不想再欠债了。"

那一刻所有的尊严都回来了。

周遭突然暗沉下来，接着便是风雨大作。

十五岁的阿姣举着砍刀从黑社会手里一把拉过狼狈不堪的老爸，扶着他，慢慢地往前走，一步一回头，气氛肃杀。手里的砍刀就这么一直举着，满眼杀气腾腾，眼珠子都快暴出来。

一直走到巷口转弯处，姣爷才松掉一直憋在胸口的那团气，手里的砍刀哐啷一声掉在了地上，两条腿再也崩不住地瘫软下来。

大雨冲刷着那条澳门老巷，阿姣抱着父亲失声痛哭……

是的，这个世界上，所有的尊严都来之不易，有时候得拿命换。

Chapter 19

【谁都有人生十字路口】

大人做错事的时候，其实跟小孩儿的表情没什么两样。

只是大人要面子，死撑着。

计划总是来得那么轻巧，稍有点头脑的人总能将计划有条不紊地实施下去；而后果又总是来得那么沉重，一旦计划赶不上变化的时候，结局是何等的痛彻心扉。

Daniel 走到了人生的十字路口。

他在反省。反省是没有上限的，除非爷爷奶奶能原谅他，给他一次重新做人的机会。

尤其当他想起还有个姑娘尊敬地叫他"教授"时，那心里的滋味更是欲哭无泪。

徘徊在这个十字路口，他瑟瑟发抖，好似世界上所有无边无际的孤寂和寒冷全都浇到了他身上。他还有路可走吗？

等爷爷拉着奶奶走出餐菜馆的时候，外面已淅淅沥沥地下起了小雨。

Daniel 追出来，像个做错事的孩子，默默地跟在他们后面。

两位老人迅速回房间收拾行李，心里那个气啊，别提了。

怪不得这个 Daniel 像亲孙子似的对他们照顾得无微不至，还特意带他们来拉斯维加斯旅游，原来全是另有目的。表面善良得一塌糊涂，背地里阴险得面目全非，这简直太可怕了。

拖着行李箱转悠半天，二人终于找到了酒店门口那辆旅游大巴。

Daniel 看到他俩的身影，忙追过来说："长途车不方便，又在下雨，我送你们吧。"说完面上火辣辣的。

爷爷瞥都不瞥他一眼，直接上了车，坐进车里仍心有余悸。幸好 Alice 打来了电话，不然真被这小浑蛋给骗了。

奶奶看看爷爷，又回身看看 Daniel，叹了一口气，也上了车。

这个大牛太伤她心了，又帮他们修房子、又给他们补办婚礼，原来全是阴谋！这个大牛，她真是看走眼了。

看着大巴车缓缓驶了出去，Daniel 窘迫地站在路边，任雨丝抽打他的脸。这次他真的搞砸了。

直到车子驶出了视线，Daniel 仍愣怔在原地。下一步他该怎么办？

远处，姣爷疲惫瑟缩地拖着行李走来。看到眼前这个人傻傻地立在雨里，不知出了什么状况。她扫了一眼，也没特别留意，转身进了酒店大堂。

淋了个落汤鸡，Daniel 直接去了游泳池。他把自己扔进水里，像个死人一样仰面朝天地躺在水里，神情沮丧到极点。

游泳池里水声沛然。一个声音反复传来："我搞砸了，我搞砸了，我搞砸了……"

突然一个熟悉的声音回应他："恭喜你来到我的世界，你才搞砸一回吗？我的经验是搞砸是常态，一帆风顺才不正常。"

Daniel 从水中站起来，这个声音他记得，是她，失恋少女的声音。这个时候，这个全世界都抛弃他的时候，也只有失恋少女还愿意搭理他。他仿佛看到一个清纯又可爱的姑娘正坐在旁边，两只脚泡在泳池里，正冲他微笑。

Daniel 游到岸边，伏身在姣爷身边："和顺不顺没关系，关键突然觉得压根儿自己活错了。你一个小女孩儿，不会明白我这种感受。"

姣爷呵呵一笑："你凭什么认为我是小女孩儿，当小女孩儿是要拼投胎的，我这辈子就没被人捧在手心里的命。"

Daniel 不以为意地摇摇头。

姣爷继续说："真的！你别以为所谓小女孩儿就一定活得光鲜亮丽，乐呵呵什么都不愁，你怎么知道她不是刚从废墟里爬出来，不定受了多少罪。"

Daniel 上了岸，不以为意地拍拍她的头。这一拍，却发现拍了个空。

Daniel 自嘲地笑笑，哪有什么失恋少女，他真是病得不轻。

泳池旁边净是空荡荡的躺椅，他面色沉重地走过去。

不经意地环顾四周，旁边有个长发姑娘正低头写着什么，那认真又忧郁的样子倒好似失恋一般。

姣爷正专注地埋头写信，并未注意到边上那个灰头土脸的Daniel。

"所以，活错了这句话不能随便说，你当教授都敢说活错了，那我估计就得说自己根本生错了。"

她停了一下，好像被某人的余光晃到了，原来是走过的Daniel，她不以为意地看一眼，继续写信：

"谁都有人生十字路口，不知道你碰到了什么事突然这么情绪低落。上次你拉过我一把，做人凭良心，我得还给你。所以——放心，我陪着你。"

情绪低沉的Daniel落寞地坐着，茫然地看向前方。目光正好落在姣爷身上——那是个面色柔和的姑娘，眼底有淡淡的忧伤，但那双眼睛又灵气迫人，尤其和人对视的时候，有一丝慌张不安，又有些让人疼惜。

如果失恋少女真的存在，或许就是她这个样子吧。

"有封信里你说我这种人一定很无趣……"他这么说着，好似失恋少女正从泳池那边冲他走过来，拍拍他的肩膀，叫道："教授——"

Daniel对她说："你猜得没错，我确实既乏味又胆小，备一次课恨不得讲一辈子（是的，售楼时每次他都讲同样的话）。不管对女孩儿，还是亲戚、朋友都敬而远之地不敢让他们走入心房。看见过沙漠里的仙人掌吗？我差不多就那样。或者刺猬，你见过吧？我就是喜欢拿浑身的刺把自己包起来，其实是怕一旦什么事走了心，到头来总会伤心。"

失恋少女走到他身边坐下来，理解地点点头："我太明白你的感受了，你比我强，不管是仙人掌还是刺猬，起码是扎人，而我呢，好像每次总是被扎的那个。"

教授认真地看着她："那怎么办？难道不怕疼吗？"

"怎么会不怕，每次都疼得撕心裂肺，但是不试，怎么知道下一个是疼还是不疼？"

"你比我勇敢。"

她笑了："是，我这种伦敦中西二区常失恋的女孩也就剩勇敢了。这点我这种伦敦中西二区常失恋的女孩儿比你强，最多再失败一次，起码可以失败得好看一点儿。"

Daniel 点点头："说得对，我也应该试试。话说伦敦中西二区并不大，会不会哪天我们就能碰上？"

她问："在哪儿？查令十字街 84 号？"

Daniel 再次点头："对，可能是。"沉吟片刻，他突然问，"通信这么久，我都没问过你的名字，21 世纪还写信，是不是挺傻的。"

"没人给我写过信，所以我也不知道这算不算傻。但是我知道你的信对我很重要。名字——好吧，你要非想知道，就叫我小虾吧。海里面最不起眼的一种生物。你呢，除了教授，叫你什么……"

Daniel 有点慌乱地说："——啊，就叫教授吧，像你说的，名字不重要。"

"好，没问题，不过你还真是像仙人掌，把自己包得那么严。但是，我们连名字都不知道，会不会哪天突然就断了联系？"

Daniel 笃定地说："——不会，海莲和弗兰克能耐着性子写信二十年不见面，咱俩这才哪儿到哪儿啊。"

"二十年好长，我们真的能这么一直写下去吗？"

Daniel 正欲回答，却正好与抬起头来的姣爷目光相撞。四目相对的一瞬，两人都惊了一下。

姣爷细细打量着对面这个男人——那是张儒雅又有些书卷气的脸，稍稍的不修边幅，但眉宇间又透着一股英气。

何等的似曾相识，他们明明是见过的，而且不光是见过，那感觉就像是早已相识已久的老友，他们微微一笑，却真的叫不出对方的名字……

Chapter 20

【渴不饮盗泉水，热不息恶木荫 】

　　Daniel 小的时候，经常做一个发财梦。梦的场景会变，今天在海边，明天在森林里，后天在马路上……但内容都是一个——捡钱！地上永远是捡不完的钱，有时是钢镚，有时是钞票，有时是人民币，有时是美元……每次他都美得不亦乐乎，这钱真的捡不完啊！

　　然后，梦就醒了，啥也没有，地上除了灰尘还是灰尘。

　　因为这个发财梦做得次数太多了，所以他掐指一算，命里一定是缺钱。日有所思，夜有所梦，梦是不会骗人的。

　　尤其是到了美国之后，发财梦的频率更高。而且梦中捡的基本都是美元，有人民币他都懒得捡了。

做地产经纪人十年了，他的收入堪比一线大律师，一年几十万美金不在话下，生意好的时候可能更高。但是他真的不知道拿这些钱区干嘛。车子，换了一辆又一辆，看见喜欢的就换。房子他也买了几套，不是倒手卖了，就是租出去收租金。该有的他都有了，于是，钱好像就变成了一个数字，赚钱变成了一种生活。

犹如看见爷爷奶奶的房子，他直接的反应就是算出来怎么挣钱，自己需不需则根本不重要。而现在竟然就为这对"不重要"的伤了一对老人，Daniel 心里乱糟糟的。

一夜无眠，第二天一早，Daniel 到酒店大堂退房。那胡子拉碴、一脸憔悴的样子颇有些吓人。他丧眉耷眼地交上房卡："Check out, please?"

前台小姐把一个纸袋递给他："先生，跟您一起来的老夫妇在房间里落了东西，刚才一位女士恰好住了那个房间，她送到我们这里。你能不能转交给他们？"前台小姐说着指了指远处一位女士的背影，其实那就是姣爷，只是此时的 Daniel 并不知道。Daniel 错愕地接过前台递来的纸袋，打开一看，袋子里是爷爷奶奶买的三副 3D 眼镜，包得整整齐齐的。那一瞬，眼泪差点掉下来。

命运有时候就是那么奇怪，拉斯维加斯的错过竟然在某种程度上改变了两个人的人生轨迹和信仰。

回到车上，潜藏在内心的痛楚、愧疚一下子撕裂开，看着座位上的三副 3D 眼镜，Daniel 知道爷爷奶奶真把自己当了他们当孙子，而自己却是这样毫不留情地伤害了他们。

跑车飞一般驶离拉斯维加斯，他希望能追上爷爷奶奶，向他们认错。

他拨通了爷爷的电话，手机屏幕不停闪着爷爷的名字，可就是无人接听。

忙音，还是忙音。Daniel 接着再打，一遍遍执拗地按着重拨键。

一辆车从他旁边驶过，带来一片新年歌声。Daniel 这才意识到，今晚是跨年夜。打开收音机，广播里一个甜美的声音正在倒数："10、9、8、7……"

这声音就像一道彩虹，点亮了另一片天空。"6、5、4……"大家都跟着热烈倒数，机场候机厅里，跨年的气氛一样热烈。

姣爷落寞地看了一眼大屏幕，好似一切欢愉都跟她绝缘。

机械地托运完行李，换好登机牌，那寂寞的身影在人群中显得郁郁寡欢。带着大赢的钱回家，她本该一身轻的，可毁掉的东西已然毁了。一张白纸烧干净了还有灰烬，更何况她这颗伤痕累累的心。

此刻她多希望能见到教授，这个她唯一想见的人。

"乘风好去，长空万里，直下看山河。教授你看，老跟你说话，我也学会诌几句了。如果我们都在伦敦中西二区，我真希望能见到你。"

窗外不知谁点燃了拉斯维加斯的礼花，喷薄着在暗夜上打出绚烂的火花。

这绚烂的烟花也折射到 Daniel 的车窗上，虽耀眼夺目，却没有半点跨年气氛。

跑车在黑暗的公路上疾驰。Daniel 脸上蒙着阴霾，四肢冰凉。夜将他一点点吞噬。此刻他只有一个信念，他要以最快的速度赶回去……

一夜颠簸，一刻没停。

一早 Daniel 直接把车开到了爷爷家。还没下车他就一眼看到了门口停了一辆救护车，医护人员正把爷爷往救护车里抬，奶奶惊恐地跟在一旁。

Daniel 吓坏了，慌乱地跑过去，救护车已扬长而去。他立即发动车子跟了上去。

心惊肉跳地追着救护车到了医院。他一个个查看病房上的名牌，终于找到了爷爷的名字。

透过病房门上的小窗，他一眼看见了坐在病床边的奶奶。再往里看，却被帘子挡住了。他小心地敲了敲门，想进去又不敢，就这么尴尬地立在门口。

奶奶终于看见了他，和爷爷说了几句出了病房。

Daniel 急切地问："爷爷怎么了？"

奶奶说："心脏，老毛病了，现在没事了。"

Daniel 愧疚地低下头，小声说："我想见爷爷。"

奶奶摇摇头："爷爷没事，他说他就再不见你了。"

Daniel 恨不得把头低到尘埃里，眼皮都不敢往上抬，一堆话堵在嗓子眼里他不知先说哪句。正不知如何开口，奶奶把一张纸条交给他。

"这是爷爷给你的。"

Daniel 展开纸条，上面只写了两行字："渴不饮盗泉水，热不息恶木荫。"

这两句话好似两把刀直接捅进了他的心脏，一阵巨痛。他如鲠在喉，无言以对。

"恶木岂无枝？志士多苦心。"那一刻的感觉，真是比死好不了多少。

这次的教训太惨痛了！是他自己把尊严踩到了地上，他连捡起来的勇气都没有了。做钱最忠实的仆人，就是搬起石头砸自己的脚，疼死也是活该！

Chapter 21

【这就是爱吗?】

《圣经》里谈到爱有十种方法:

倾听,不要打断;说话,不要指责;给予,不要保留;祈祷,不要停止;回答,不要争执;分享,不要假装;享受,不要抱怨;信任,不要动摇;原谅,不要惩罚;承诺,不要忘记。

Daniel 惭愧地反省,自己好像真的一条也没做到。

这披荆斩棘的人生啊,他什么都懂了,就是不懂爱。

爱到底是什么?

小时候,都说妈妈脸上的皱纹是爱;长大了,都说 ML 才是爱。现在,爱变成了随遇而安,或者随波逐流;爱变得不痛不痒,麻木不仁;爱成了一句口头禅,LOVE YOU 能不带情感地张口就来；爱变得廉价低俗谄媚，钱都比它显得神圣；爱可以像北京朝阳群众抓毒贩那样，一抓一个准儿，遍地开花；只要你有钱，爱可以论斤，买一卡车再倒把手都没人管你……

爱就是这样在茫茫人海中消失的。

已经消失的事，再找起来，总有些费劲。

可是，你要是不找，那和禽兽有什么区别？

情感动物老跟爱背道而驰，后果怎么样？——人人唾弃，众叛亲离。

也许以前，他把爱想得过于复杂，在爱面前他剑拔弩张却从来不自知。现在幡然醒悟，也许有些爱，可以重来！

"都说北京、上海房价太高，其他城市楼市不稳定，怕什么，我们还有更好的选择——买断美国！"

面对那一群群渴望买房的客户和一双双期盼的眼睛，Daniel又背起了他说过100遍的套话。

"我们身旁的这两边都属于萨玛力诺地区数一数二的学区房，有孩子的，刚结婚的，或者准备结婚的，准备找男女朋友的，都值得考虑。一项投资，双重收获！只不过这个地区一房难求，我劝你们遇到了就别犹豫，只要出手就不会后悔……"

大家纷纷议论，热情高涨。

车子驶过熟悉的街区，爷爷奶奶的房子透过车窗映入眼帘，Daniel一下子卡壳了。该怎么去求得爷爷奶奶的原谅？

"小虾，听你的话我试了，还是失败了，而且失败得依然很难看。这事合情合理，我谁也不怪，只怪我自己，万物皆有因果。说来奇怪，我越来越在意你说的话，可同时又忍不住好奇，你为什么一直跟我通信？我这么糟糕，连我自己都不会跟我这样的人做朋友。有时候我怀疑你到底是谁，你的字写得像个小学生，可信封上又是娴熟的花体英文，你是不是上帝跟我开的一个玩笑？"

Daniel 不再叫她失恋少女，叫她小虾。

他喜欢这个名字，她是小虾，他就是小蟹，都是热闹的小人物。他们从未见面却又惺惺相惜。最痛的时候，似乎只有和小虾通信才能有所缓解。

这信来信往，已经成为了 Daniel 生活中最重要的寄托和牵挂。

这就是爱吗？

细想一下又觉得好像不可能是，他怎么会爱上一个从未谋面的姑娘？

"从出差回来心里就空落落的。突然发现原来喜欢的现在也没那么喜欢了。我说的你明白吗？人会很奇怪，以前曾经用力喜欢过的，为什么会在一瞬间就不喜欢了？"

姣爷自言自语地说给教授听。

"教授，你每天上课都讲些什么？有没有女学生追你——我有时候会想，你真的是教授吗？我只是一厢情愿地觉得你像教授，也许你根本不是，也许你甚至根本不存在，会吗？我不管，只要能一直这么跟你通信就好。"

说话间，一杯酒被推过来放到了她眼前。姣爷一抬头，竟然是教授！他正温柔地看着她。

她又惊又喜地说："教授，我突然有种很不好的感觉，信这么写下去，我会不会就喜欢上你了？你说我是不是疯了？"

教授想笑又忍住，这是个可爱的姑娘，他忍不住想伸手过去胡噜一下她的头。

姣爷刚想说话，正看到凌姐拿着一盘筹码准备上工。

凌姐也一眼瞥见了她，随口说："这么早喝酒？不开工啦？"

姣爷晃着酒杯，淡淡地说："没意思。"

从拉斯维加斯回来，她对赌这件事就变得厌恶了，看到凌姐手里的那些筹码竟然一阵恶心。

"那边那桌很旺哦，不去跟？"凌姐开导她。

姣爷摇摇头，面无表情。

凌姐仔细地睨着她，表情夸张道："真是赌也吓人，不赌也吓人。"

姣爷抢白道："赌你说我，不赌也说我。"

凌姐叹了口气，她知道姣爷这一趟有故事，但她不说，便也不问。自从十五岁那年姣爷提着砍刀把焦大救出来之后，她对姣爷就刮目相看了。自己爱了焦大一场，都没能把他救出来，她一个十五岁的丫头能提着砍刀去拼命。从心里她敬佩这个丫头。焦大走后除了一屁股债什么也没留下，只留下这么个丫头，再不去好好疼她，都过不了自己这关。

看得出，这丫头有心事，只是她要强不肯说。那身赌债不知她怎么还上的，打小她就有苦往肚子里吞，从不想给别人惹麻烦，嘴上叫着自己亲妈，却永远硬撑着，心事都自己担，凡事一带而过。凌姐心里有数。这孩子就是太坚强，比自己那个儿子都能撑事。她总是担心那根弦崩得太紧，不知哪天会断掉。

她冲姣爷疼惜地点了点头，开工去了。

姣爷目送凌姐走远，再回头，哪里还有教授，分明就是一个酒保在兀自认真擦着杯子。

姣爷自嘲地笑了。

Chapter 22

【如果不能替别人着想，那就是无情】

拉斯维加斯之旅似乎是 Daniel 的新生之旅。他很感激续住在爷爷奶奶那个房间的女孩，如果不是她还到前台的 3D 眼镜，恐怕 Daniel 永远也不知道在爷爷奶奶心里是这么在乎自己，而正是这份在乎让 Daniel 愧疚难过。

每天还是看房卖房，但 Daniel 心里却没了原来那份热情，浑浑噩噩中他接到了王太太的电话。原本已经忘了，这个电话才让她想起这个客人，一个典型的高知白领和她油盐不进喜欢摩托赛车的儿子，帮他们买了另一套圣马力诺学区房后就再没联系："喂，王太太，什么事您要我帮忙？……你要我跟浩浩的校长说话？好好好，您把电话给他……Hi, this is ……"

原来学校说浩浩有严重的情绪问题，必须接受心理辅导。心理医生要求他和爸爸一起参加野外露营，以解决情绪问题。美国学校就是这么天真，开出的药方看着合情合理，其实莫名其妙。

Daniel 想都没想便答应下来。客户就是上帝，他没有理由拒绝。况且是为了帮一个孩子，他更没有理由拒绝。

Daniel 再见到王太太时，他吓了一跳。

以往的雍容华贵、风度韵致，职业干练、气定神闲都没有了，衣着随意，不修边幅，气色晦暗，满脸的焦虑。她为难地跟 Daniel 说："真不好意思，你也知道，他爸爸不可能为参加这种事飞来美国——"

Daniel 看过太多这样的妈妈，新移民，为了孩子抛家撇业过来陪读，人生在中年突然转了弯，所有职业身份化为虚有，剩下的只是家庭主妇这一个定语。

Daniel 连连表态，表示理解也乐意替孩子的爸爸参加这样的露营。

站在一旁的浩浩依然事不关己地低头玩着手机，甚至看到 Daniel 连招呼都没打。他不在乎谁陪自己，谁陪自己都不能真正地理解体会自己。

Daniel 一身野外露营装束，夹在王太太及儿子中间，十分尴尬，但他还是努力保持着微笑。客户的要求就是上帝的要求，他必须努力做好。

两个旅行袋突兀地放在地上，没有一丝野外露营的欢快。

王太太满面感激道："谢谢你 Daniel，我实在不知道求谁帮忙了……我在这边也没什么朋友，所以第一个就想到你了。"

Daniel 忙说："您别客气，其实说不定也挺好玩的，是吧，浩浩？"

浩浩抬头看他一眼，又低头不理。

王太太面色一沉，她终于忍不住喝斥道："你看看他这副死样子！妈妈工作也辞了，什么都不要了，陪你过来念书，你这么做对得起我吗?!"说着不禁眼圈红起来。

Daniel 赶忙劝慰："王太太，您别生气，千万别生气——"

说话间一辆校车开过来停下。

王太太忍住情绪，不放心地叮嘱道："你们一定要注意安全，浩浩，你要听大牛叔叔的话啊——Daniel，拜托你啦！"

两人在王太太不放心的叮嘱声中上了车。

路上两人没有任何交集，Daniel 试着跟他搭讪几句，浩浩理都不理，一声不吭，坚持到底。看着他那副横眉冷对的样子，Daniel 索性也不吭声了，心里开始打鼓，这两天的露营怎么相处啊？

到了野营地已近傍晚。空气中依然没有一丝友好的气氛。浩浩一声不响地下车，Daniel 跟在后面，完全就是两个陌生人。

树林掩映中，大家都忙着搭帐篷。不远处灯光点点，几个帐篷都已经搭好了，还不时有欢笑声飘过来。人家那是亲父子，笑声都透着亲切。边上还有一个父亲带着孩子玩飞镖，不远处的另一对父子在烧烤，画面都美得不忍直视。

再看自己这边，浩浩完全不帮忙，就只顾在一边低头玩手机。Daniel 无奈地摇了摇头，又不好发作，只得自己笨拙地一边摆弄零件一边搭帐篷。已折腾快一个钟头了，怎么弄都不对。浩浩时不时偷瞄一眼这个笨手笨脚的临时爸爸，心里还一阵发笑，连地上那一堆七七八八的零件都快要笑死过去。

终于，Daniel 忍无可忍地发怒了，他哪儿干过这种活，一把扔下那些零件，骂了一句："Shit!"

浩浩仍不理他，装作没听见。

浩浩越不理，Daniel 越来气。他生气地冲浩浩喊道："这有意思吗？你觉得有意思吗？我觉得一点儿意思都没有！这他妈的能解决什么亲子关系！简直胡说八道！"说完看看地上的一堆零件，再看看闷头不理的浩浩，郁闷地一屁股坐到地上。

树木参天，虫鸣不断，一盏盏微弱的灯光从帐篷里倾泻出来，将营地装点出一丝温馨。

唯独 Daniel 和浩浩躺在露天地睡袋里，谁也睡不着，愣愣地看着天。

气氛有点冷，Daniel 说了一句："——冷吗？"

浩浩只回了一个字："不。"

Daniel 接着再问："——饿吗？"

浩浩还是机械地回一个字："不。"

接着又是一片沉默。

Daniel 偷偷瞄了一眼浩浩，又觉得这孩子也不容易，大半夜的跟一个陌生叔叔睡一起，搁他自己也不愿意。

停顿一下，他说："对不起啊，帐篷没装上，害你睡外边。我跟你这么大时一个人来美国，这种垃圾活动我从不参加。"

浩浩没说话，面无表情。

Daniel 自顾自地说："干吗不好好念书？你们校长说你从国内带来的成绩册分数都很高，可现在几乎门门功课不及格。"

浩浩还是不说话。

Daniel 只好继续说："我劝你一句话啊，书在哪儿都是念，为来美国改国内成绩册作假骗人这种事咱不能干。在美国，这叫信用破产，是重罪。"

浩浩突然发声道："我没作假！你懂个屁！"

这孩子居然会骂人，Daniel 诧异地看向他。浩浩马上背过脸去，不让他看。

Daniel 碰一鼻子灰绝对自讨没趣，沉默半晌，突然他想到了一个可能，试探地："那——你，是不想来美国？所以在这儿故意不好好念书，跟你妈较劲？"

这淡淡的一句话，似乎突然刺痛了浩浩，那孩子起身离开了睡袋。

这下把 Daniel 吓坏了，他赶紧追过去，一路小跑追到了河边。

浩浩就那么愣愣地坐在河边，这表情有点吓人。可这表情他又熟悉得不行，这不正是初来美国那个年少的自己嘛。

突然之间，Daniel 内心柔软起来。

他轻轻走过去挨着男孩坐下："对不起啊，我多嘴了。横竖你只是我一客户的儿子，我不该多管闲事。但是我还是得跟你说一句，有本事你就跟我当初那样把自个儿活好，拿糟践自己跟爹妈作对，不值得！"

浩浩终于转过头来说："像你当初那样？你当初也不想来美国？"

Daniel 沉吟道："……美国也有美国的好，自由，别犯法就没人管你。"

浩浩认真地问："你不想家吗？"

　　这话直接点到了他的痛处，Daniel 面色一凛，装腔作势地咳嗽两声，掩饰道："——说多了，小伙子。呵呵，咱俩有那么熟吗？"

　　浩浩不问了。

　　Daniel 接着说："最后一句，你不想来，该跟你爹妈直说。在美国念书，坚持己见这事老师没教你啊！"

　　浩浩回道："你觉得小孩儿说话大人会听吗？"

　　"听不听是他们，说不说的是你啊！"Daniel 鼓励道。

　　"那你当初干吗不跟你爹妈说啊？"

　　浩浩这话彻底把 Daniel 的嘴堵住了。

　　是啊，当初自己为什么不说呢？

　　问题是能说吗？说又能说什么呢？父母都不要你了，说这些管用吗？！父母离异你有脾气吗？人家又各自组织家庭了，你有脾气吗？人家不光重新组织家庭，人家还又各自生了自己的孩子，你有脾气吗？

　　Daniel 当然没脾气，他什么也不能说，他跟谁也说不着。十四岁，父母已把他当成年人了，他还小孩儿似的讨价还价，说不想来美国，管用吗？

　　这一晃二十年了，这时间也不知怎么就一晃而过。十四岁那年，他就像浩浩一样，一个人郁闷地坐在河边，一猛子跳下去的心都有。然后也不知道是胆小还是胆大，就这么死皮赖脸地活到现在。

　　现在多少年过去了，他还是这么郁闷地坐在河边。看着浩浩，就像在跟年少的自己对话。自己跟自己打嘴仗，不管输和赢，都透着苦涩。

　　Daniel 无语地轻轻拍了拍这个小家伙。

Chapter 23

【爱书人的圣经 】

不知从什么时候姣爷开始厌恶这身红色制服，穿上它，筹码的味道、人民币的味道，还有那些赌棍身上乌烟瘴气的味道全来了。

从拉斯维加斯回来，她似乎脱胎换骨。曾经对赌场的那份迷恋，一下子抛到了九霄云外。这一切，也许是拜郑义所赐，她输怕了；也许是邓先生的支票把她唤醒，她向来是卖艺不卖身的，靠色相换筹码这事，她自己都觉得下贱……也许是生命到了该转弯的时候，她应该为自己"活着就是折腾"埋单了。

脱下那身红色制服，姣爷匆匆走出赌厅，把那些数不清的罪恶交易、淫秽贪婪全都抛到身后。

穿过酒店，街上的大多商店都已打烊，冷冷清清，倒正合了她心意。头痛欲裂了一整天，她太需要安静了。

经过一家还未打烊的餐厅，居然还有一位客人坐在餐桌边，稍显孤独地捧着一本书。姣爷边走边翻出摩托车的钥匙，突然不经意的"叭"一声，钥匙掉到地上。她蹲下捡起，刚一抬头，眼前一个熟悉的名字映入眼帘，再细看正是那本书——《查令十字街84号》。拿书的男人手指细长干净，书的封面正好挡住了男人的脸。

姣爷霍然起身，紧接着心跳开始加速。难道是教授？她心惊肉跳地看向这个拿书的男人——那是张中年男人的脸，四十来岁的样子，戴一副黑框眼镜，气质儒雅沉静，身材高大，面孔英俊。再细看他的穿着，上下一身名牌，价格不菲，深色西装，搭配淡粉色衬衣，品位不俗，那派头绝对又是一位"邓先生"。

她怔怔地看着他，不敢说话，又不想把目光移开，就这么直愣愣地看着。

男人似乎被这个灼热的目光吓到，他有些疑惑地看着姣爷，只好尴尬又礼貌地笑了笑。那笑容温暖如春，扑面而来。

姣爷的心脏都快要跳出来，她好似见过这个笑容，冥冥中她觉得这大概就是教授的样子吧。

"谁会在赌场旁边看书？"姣爷看着那本书，忍不住问他。

不远处赌场酒店灯火辉煌，那幽微的光打在脸上，煞是好看。

"怕输？"男人笑笑，把书合上。

"当然。"姣爷点点头。

"赌桌上的输赢和人生的输赢比起来，总是小的。"男人说得意味深长。姣爷突然觉得那口气像极了教授。

　　姣爷抚平内心的波澜，点点头："那倒是。不过，你不赌，来澳门干吗？"怎么看他都像一个大赌客，只是这个大赌客爱看书。

　　男人一笑："去北京也不一定就非看天安门吧。"

　　"那倒是。"姣爷也笑了，"你这人挺奇怪的。"她是在说教授吗？自己都有些凌乱了。

　　男人眉毛一挑："有吗？"

　　"有啊！不光在澳门看书，还看这么一本奇怪的书。我以为只有女的才看这种不靠谱的爱情小说。"姣爷故意把话题引到这本书上。

　　"怎么会不靠谱？"男人问道，"你不认为这种'云中谁寄锦书来'的等待很美好吗？这书被称为'爱书人的圣经'，我不但看过这本，还看过里面提到的所有的书。"

　　姣爷惊诧地张了张嘴，内心又开始狂跳起来，这是教授的口气，是他！她沉吟一下，突然认真甚至有些期待地问："你……你会不会也一直写信给什么人？"

　　男人笑了："年轻的时候会，现在不了。"

　　姣爷的心又突地沉下去，稍有失落地"哦"了一声。

　　男人接口问："怎么突然问这个？"

　　姣爷掩饰地一笑："哦，没事，你这么说话很像我的一个朋友。"

　　男人好奇地问："男朋友？"

　　姣爷犹豫一下，尴尬地笑笑："不算吧。"

　　内心一个声音莫名地响起来：

"教授，你到哪里出差了吗？为什么最近没给我回信？
你不会因为我说喜欢你就被吓跑了吧？21 世纪喜欢个没见
过面的笔友。放心，我还没那么变态。新认识一个人，不知
为什么，觉得他很像你。"

两人不知不觉地走进了一家旧书店 。

看得出男人很喜欢逛书店，一进去便忘记了姣爷的存在，自
顾自地挑选起来。

片刻，男人挑出好几本旧书。看着他那如获至宝般的神情，
姣爷不禁莞尔一笑，如果是教授他一定也爱逛书店，她有这个
预感。

她一脸欣赏地看着眼前这个爱书的男人，内心那个声音又
来了：

"是不是老天爷知道我没好好上学，现在派你来给我补
课？但是，必须说，我好喜欢这种感觉。"

见她笑得那么甜，男人莫名地问："你在笑什么？不会是在
笑我这个书呆子吧？"

姣爷害羞地低下头。她真的喜欢这种感觉，跟教授在一起就
是这种感觉吧？

隔日，两人相约去了大三巴。

空气像新鲜冰镇的柠檬水，深深嗅闻，沁人心脾。

姣爷一见到他便调皮地说："叫你诗人好不好？"

"我像诗人吗?"男人不置可否地笑笑。

"或者,叫你教授?"姣爷小心翼翼地说。

"我更不可能是教授了。"说完男人羞赧地一笑。

姣爷细细地观察他的表情,斯文、儒雅。不笑的时候,眼神捉摸不定,大笑的时候,纯真得像个孩子。

海风咸咸地吹过来,天光将暗未暗,透着一丝暧昧。

姣爷痴痴地看着他,男人接住这炽热的目光,四目交汇,电光火石,一股暖流从心底蹿生出来,两人不禁愣住。

再这样看下去,姣爷面上要起火了。

她赶紧调转了目光,男人也下意识地抬头看看月光。姣爷赶紧适时地说了一句:"今晚的月亮好大啊。"

男人轻轻搂住了姣爷的肩膀,她一惊,又一喜,一动不敢动。

"野兽的低吼与大地的孤独,满月照耀麦子黑涂抹金属,我们终将邂逅在哪一处山川河流?"男人突然想起了这一句,有感而发道。

姣爷又是一惊,奇怪道:"你怎么知道这首诗?!我上学的时候,记得是在语文课外必读书目里看到这首诗的,当时就很喜欢,记了下来,其他都忘了就记得这一首。"

"为什么会记得?"男人又认真又诧异地转头看着她。

姣爷摇晃一下脑袋,轻颦浅笑:"不知道。'不羁的烈马背负着古典的月光,在拂晓时穿越晨雾。日子一如荒草,你一如远方。'我喜欢最后一句,老师说这是写希望和理想,我却觉得是写悲观和绝望。"

男人笑了:"给你 100 分,你老师零分。"

"你凭什么说我对?"姣爷心里一阵恁甜。

"因为那是我写的，那是我二十一岁时候写的第一首诗。"
男人说完又有些不好意思。

"真的?!"姣爷带着兴奋、带着崇拜地看着诗人，那目光就
像在看教授。

诗人躲开她的目光，看向前方，搭在姣爷肩头的手慢慢放下
来，刚才的话总有些自夸的嫌疑。

"现在还写吗?"姣爷忍不住问。

"偶尔吧。"他仍然看向前方，心里却涌出一股异样。

姣爷仍然执着地看着他，离开一秒都有些舍不得。

诗人忽然转头看着姣爷，敛去了所有的表情："谢谢你还记
得我的诗。"

姣爷刚想开口，那一刹，没有任何防备的，他吻了过去。

姣爷不可思议地睁圆了眼睛，她完全没有做好准备，这个突
如其来的吻把她的思路全打断了，脑袋一片空白。全身每一个细
胞似乎都在蠢蠢欲动，当身体在燃烧的时候，爱情一定来了。

她缓缓闭上眼睛，任凭他这样肆意地吻下去……

那一夜，她恍恍惚惚地走进了伦敦一家图书馆。

在那里她真的遇见了教授。

一排排的书就像人生的多个路口，她穿行而过，就在那个有
阳光洒进来的角落，她看到了教授。

他坐在椅子上看书，表情认真到旁若无人。

姣爷悄悄地走过去，俯身挨着他坐下，什么也不说，安静而
美好地看着他。

教授终于被这灼热的目光烫到，他笑盈盈地看着她，就像看

到一朵清新的花在他面前瞬间绽放。

　　"教授，我昨天梦见你了……或者说梦见了别人扮演的你，或者是你扮演了别人……"

　　教授像以前一样，胡噜了一下她的头。那一刻，她的心都化了。

Chapter 24

【在这一分钟里我爱过你】

一见钟情这种东西总有点坑人，明明只是刚刚遇见，连脾气秉性都没摸清楚，怎么就能朝思暮想、哭天抢地想再见面？

这到底是什么东西在作祟？

有人研究说这东西叫：费洛蒙。英文名叫：PHEROMONE，学名叫：气味信息素。这种东西最早发现在动物身上，许多动物之间是靠味道的吸引来交配，用到人类身上便成了一种"爱情的味道"。

姣爷细细体味着爱情的味道，原来趋之若鹜都是味道惹的祸。可细想诗人身上究竟是一种什么味道，她也道不出个所以然。

怪不得歌里唱道："莫名我就喜欢你，深深地爱上你，从见到你的那一天起……"靡靡之音有时候也能唱出真理。

味道的吸引令这种喜欢渐渐浸润、迷散、丰盈，最后聚拢成一种爱意，久久挥不去。这大概就是所谓的一见钟情吧。

姣爷神情怠懒地靠在百家乐赌台边，一边自我诊断病情，一边脑子里勾勒着诗人的轮廓，花痴一般。

澳门赌厅里人声鼎沸，个个脸上都是一副惊天地泣鬼神的模样，唯独姣爷平静得像朵奇葩。

四个赌客在她面前轮番下注，她像应付差事般坐在旁边。

那三男一女一看就是从内地来的，赌得很凶。女人四十来岁，手上是明艳的翡翠戒指，衣着讲究，一看就是富婆。

内地人常说赌场欺客，如果你一身朴素，筹码又少的时候，一手都不让你赢。只有一身贵气地进去，桌上堆满了筹码，凭这身气势赌场都会给你面子。

越这么想，赌得也就越凶。有些内地客人经常往泰国跑，说是要驱小鬼，赌场小鬼太多，要驱掉才能继续赢钱。这样的赌客基本已到了赌鬼的级别。

看着台面上堆着的近千万的筹码，边上那几个公关女郎直看得眼睛发光。

姣爷最不屑那样的表情，一副没见过世面的样子。她用胳膊撑着脸，心不在焉地看着一处发呆，完全没进入状态。那身红色制服她真的穿腻了。

姣爷在赌场一直是个另类，那些公关女郎她鲜少交往。在她眼中，万般皆下品，唯有读书高。那些和小姐没啥区别的公关，她连招呼都懒得打。公关做成"四陪"的女人在赌场遍地都是，她们靠巴结男人，陪吃，陪喝，陪赌，陪睡，每天上班就是为了找个大赌客翻身。姣爷发誓不做那样的公关。在赌场，除了凌姐，她见谁都敬而远之。

记得刚进赌场工作那会儿，COCO 姐带的她，一点儿没教她好。最初 COCO 姐玩的都是小钱，甚至搭注，经常拉着姣爷玩。她喜欢赌对子、和，老能以小博大，赢了钱就收工，还算有节制。有时运气好，对子、和经常开，一晚也能赢个几千块。后来赢到一万筹码的时候，就开始难以自持了。有时输光了缠着姣爷一起赌，凡是 COCO 姐自己下注铁定要输的，她抓到的牌，9 点也经常能打和，让人目瞪口呆。但她只要跟着姣爷下注，就能赢。所以她每天缠着姣爷，发誓要与她共进退。姣爷当然明白，说是共进退就是想借她的好运，只是她自己的好运经常东躲西藏，她都不知找谁讲理去。

后来 COCO 姐越赌越凶，经常几万的筹码半个钟头就输光了。输了就起身走，走得越坚决的都是去找钱的，因为还没有输完。输光了的赌徒和出去找钱的赌徒，走路的姿态和步伐的力度是完全不同的。果然 20 分钟后，她又带钱回来，两眼放光，恨不得把把可以抓到 8 点 9 点一枪过。姣爷辛苦挣的钱全被她几夜败光了。女人赌起来真的比男人还可怕。

后来 COCO 姐连公关也不做了，成了职业赌徒。有时输到最后连牌都撕了，还动不动连荷官一起打。姣爷开始躲她，她是眼睁睁地看着 COCO 姐走向末路的。在贪欲面前，人生如此地不堪一击。再后来 COCO 姐搭上了一个大赌客，跑到越南去赌，那次，200 万美金全部输光还不算，还动用了公司的公款，300 万接着再赔光，最后被人砍了手，从楼上跳下来，一命呜呼。

眼前的这个富婆，活脱脱一个翻版 COCO 姐，连甩牌的神情都如出一辙。连着三个庄，那富婆都是 100 万 100 万地平推。赢了几手，富婆得意道："就赌长庄了！"

又来了四个庄之后，掉了一口闲。富婆继续让荷官飞牌，飞了两口，分别出了庄和闲，看上去像是单跳的路子。富婆推了一口庄，吃掉；推了一口闲，又被吃掉，连着杀了两手，富婆已经开始变得急躁不安。荷官提醒她要不要飞牌？她点点头。

飞了一手牌后，富婆又要求飞第二口，这时她胸有成竹地推了一口 100 万上闲。发牌后，庄家一开牌直接就是 9 点，闲家 8 点，又是一个 8 输 9。这时富婆完全没有节奏了。筹码开始不断地往下掉。边上一阵叹息声。

姣爷在边上仍没有反应。再热闹的牌局都像与她无关一样。COCO 姐之后，又有几个姐妹步了后尘，女赌鬼的人生她真是看够了，看厌了，看烦了！

这时富婆有点坐不住了，她拿起电话就打："老公啊，有点冷，帮我把披肩拿下来。"

大家继续下注。

富婆忍不住问姣爷："你觉得下把怎么打？"

姣爷一愣："啊？"片刻才回过神来。

她迅速看了一眼电子显示屏，有庄有闲毫无规律，便犹豫着说："……要不押把和？"

富婆刚要下注，这时一个男人把披肩递了过来，给富婆轻轻披上，那动作还真够温柔。

姣爷余光一扫，连眼皮也没抬，今天的她哈欠不断，脑子里全是诗人的影子。爱情刚开始的时候，总是一日不见如隔三秋的。

"别玩得太晚。"那男人嘱咐了一句。

话落姣爷吓了一跳，那声音好耳熟！她抬眼望去，天哪，此人竟是诗人！她惊呆了，胸口突然一阵绞痛。

这一对视，诗人也毛了。他们竟然会在这个场合碰到。

富婆看了一眼丈夫和姣爷，没理会，继续下注："这把下个小的，随便玩玩就好了。"说着，把一个筹码扔到姣爷眼前，"给，你这个公关也陪着玩玩，要不就我一个人玩也怪没趣的。"

姣爷尴尬地接过筹码，脸上青一块红一块。

诗人愣愣地看着她，两人就像脱了衣服相见的陌生人，连正常呼吸都困难了……

人生啊，可真会开玩笑，费洛蒙的味道刚一知半解，怎么就玩起了"狭路相逢"的游戏，这是唱的哪一出啊？

姣爷苦哈哈地笑出来。欲哭无泪的时候，还是笑出来比较好，不然真的会憋坏。

凌晨，从 MGM 酒店望出去，一片空旷，这个城市还未醒来。姣爷走到了酒店的吸烟区。

真的是个戏剧性的故事。原来，那本书走到哪里都会带来一个故事。

只是故事的结局有点扫兴。

背后突然一个声音响起来："我，我必须说——"

又是那个声音，姣爷一下子听出来了。

她转过身直视着这个男人，眼神里已没有任何感情。女人在准备绝情的时候，恻恻的目光就像一把尖刀。

男人一凛，刚想说话，姣爷立刻打断他："千万别说对不起！你不过就亲了我一下，屁大点事。"

诗人面色沉郁道："但是我必须说，认识你我很开心。很多年没人跟我谈诗谈书了。"

姣爷哼笑："是吗？还以为你们知识分子都是谈笑有鸿儒呢。"

"前几天一个诗人病危，靠大家募捐才住进医院。经济基础决定上层建筑，上世纪最后那个浪漫年代是诗人的天堂，现在诗人这职业已经死了。"男人说得落寞又可怜。

是啊，在今天，谁还会提理想主义？理想主义不过是块过时的腌臜的抹布，尽管它还默默藏在姣爷心里，但在别人心里早就把它如视如弃履了。

姣爷主动伸出手来："握个手吧，谢谢你给我的100分。对了，问一句，和赌台上的输赢比，你觉得不再写诗，是输了还是赢了？"

诗人看着姣爷，竟然一句话答不上来。

片刻，他缓缓地说："张国荣和张曼玉的那一分钟我很喜欢……现在是2016年2月5号早晨4点08分，这一分钟你和我在一起，因为你我记住了这一分钟，在这一分钟里我爱过你。我可以把这句说给你吗？"

姣爷淡然地一笑："随你吧。"

说完，烟头一拧，即刻离去。

真是个有趣的故事。猜到了开头，却猜不到结局。

原来的故事姣爷以为会是这样：

"我不知道他有没有因为我而记住那一分钟，但我一直都记住这个人。之后，他真的每天都来，我们就从一分钟的朋友变成两分钟的朋友。没多久，我们每天至少见一个小时……"

没想到现在的故事只能是这样：

"我以前以为一分钟很快就会过去，其实是可以很长的。有一天，有个人指着手表跟我说，他说会因为那一分钟而永远记住我，那时候我觉得很动听，但现在我看着时钟，我就告诉我自己，我要从这一分钟开始忘掉这个人……"

Chapter 25

【世界上最幸福的三个字不是
"我爱你"，而是"在一起"】

新愁加旧伤，这两事搁一块，放在同一个女人身上，应该可以概括成可怜吧。

姣爷重新给自己定位。

她对男人，除了分得清大赌客和游客之外，太缺乏深层次的判断。

就连最基本的一点，他是否单身都没搞清楚，这也显得她太幼稚了。自打对赌牌失去兴趣后，连她那双 X 电眼也渐渐失灵了。

女人最没用的一点，就是在喜欢的男人面前智商迅速清零。

姣爷一脸挫败地来到海边，每次她骂自己没用的时候，都会躲到海边来。

当咸咸的海风吹来，把她的长发吹得直直的，乱乱的，那是她最放松的时候。

茫然地面向大海，心里的酸涩悄然袭来。

"教授，你看过海鸥捕食吗？一群海鸥绕着海岸飞啊飞啊，看准了水下的鱼，收了翅膀一猛子就扎下去……"

她静静地坐在海边，一个人自言自语。她只说给教授听，他能听得到吗？

"那样子，根本就像寻死，自由落体似的掉进水里，不管不顾，就如同爱情……"

喉头被堵住了，她有点说不下去。不知怎么，每次看到海，潮起潮落的瞬间她都伤感无比。

远处好似郑义走过来，那是她的初恋，曾经那么懵懂又认真地暗恋过，如今，她看都不愿看。错信了一个喜欢过的男人，直接扔掉 100 万，这份暗恋的代价有多沉重。

转过头，邓先生冲她扔过来一堆筹码。这是她一眼看中就欣赏有加的男人，她以为赌场上除了利益还能有点儿别的什么，比如感情。当邓先生一晚 20 万买她的时候，原来所有的关系都是交易。当邓先生拿着支票冲她摆手时，她恶心得想吐。

干脆站起来，却正好与诗人四目相撞——那是个喜欢看《阿飞正传》的诗人，喜欢用一分钟理论来解释改变不了的东西——

比如他已婚。他们只是接了一个吻而已，滑稽得可笑。

这些男人都是生命中的过客，各自的故事却都是虎头蛇尾，没有半点回味。

"教授，你还在听吗?"姣爷继续说，"……只不过，有的满载而归，有的一无所获。教授，你能跟我谈谈什么是爱吗?"

一只没有捕到食的海鸥在海面上茫然地飘荡。姣爷怔怔地看着，她像极了那只海鸥——都在孤独而又永不言弃地寻找。只是美味的鱼常有，而爱情呢?

海鸥盘旋，在空荡荡的天空忽上忽下。教授的声音就从海面上习习吹来:

"收到你的信了，小虾，谈爱，实在不是我长项，因为深爱太伤人了。现在从摸手到上床一蹴而就，爱既然可以做了，谁还去谈呢?"

Daniel 把信寄出的时候，心情是复杂的。

一方面他似乎做着别人的人生导师，另一方面自己却活得稀里糊涂。

王太太交办的野外露营任务顺利完成。那个难缠的小鬼浩浩他终于也算是基本搞定了。

他的心得是:小孩子绝不是靠哄或者命令，而是你要把他当成你的同龄人一样去跟他交流。不要把孩子当成一个实验品或者工具去替大人完成他们没有实现的梦想。

　　所以他坚决地站在浩浩这边。孩子也是人，也有自己的选择权啊。他这是替二十年前的自己喊出心声。

　　车子在 Irvine 街道飞驰而过，划破寂寞的午后。

　　蓝天白云快速地从头顶掠过，阳光破窗而入，打在脸上暖暖的。

　　Daniel 又在向王太太介绍房子："如果要转学，尔湾无疑是最优的选择。二十一所小学、五所初中、四所高中都获过加州杰出学校奖，其中十五所还获过全美蓝丝带奖。多年被评为最宜居的城市。房子新，格局也好。"

　　浩浩在车里依旧低头玩着手机。对大人的谈话充而不闻。

　　Daniel 不厌其烦地介绍，却怎么都不如平时有感觉。

　　今天的王太太又恢复了往日神采，脸上的妆容一丝不苟："我信你，Daniel，你就帮我把原来的房子卖了吧，在这边再买一套。哪怕价格贵点也没关系，给浩浩选个好学校是关键。"

　　Daniel 打包票道："没问题。"

　　他绝对支持浩浩转学。之前的那所学校确实不能待了，连校长都对浩浩有了些看法，那还是转学为宜。Daniel 的人生格言向来是：惹不起，躲得起。

　　可话刚落，Daniel 便从后视镜里看到了浩浩极不情愿的表情。再一次对视，他终于找到了今天一直觉得别扭的原因。他一个刹车，把车麻利地停到了路边。

　　王太太一愣，刚想问他什么情况，Daniel 主动说："对不起，王太太，我仔细想了想，您这单生意我不想做了！我要是你，就带浩浩回国，以他的成绩只要他想，随时都能再考来美国。我觉得他现在不想要一栋房子，他想要一个家。"

　　王太太意外地看着 Daniel，有点不知所措。她没想到 Daniel

能说出这番话。尤其是最后一句，令她心里一颤。

Daniel 认真地看着王太太，用了一种从未有过的语气："后天就是除夕，买张机票回去正好能赶上吃饺子。"

王太太心头一紧，想说什么却一句也说不出来。胸腔里一阵翻腾，五味杂陈。Daniel 的话句句在理，直戳她的内心。她又何尝不想回去，老公在国内，一年也见不上一面，大过节的都不能团圆。这种日子她也早过够了。为了实现美国梦，为了让孩子早早在美国扎根，她真是半条命都快搭上了。此刻她才能体会：世界上最幸福的三个字不是"我爱你"，而是"在一起"。

Daniel 透过后视镜，发现浩浩冲他笑了。头一次见这孩子笑得这么开心。这就是二十年前的自己——那个十四岁的他，举目无亲，不想留在美国，只想有个家。

Daniel 说完打开储物箱，像变戏法似的变出一顶帽子，扣在浩浩头上。

浩浩一看，正是 ago 的纪念棒球帽，他兴奋得跳起来。

"这是春节礼物，送给你的。"Daniel 冲浩浩眨眨眼。

浩浩一下子扑到他怀里，两人紧紧抱在一起。在那个怀抱里，Daniel 全身都变得柔软了，就像在抱着二十年前的自己——那个鼻涕眼泪一大把却又一句话不敢说的可怜虫。他把浩浩高高地举过头顶，自己却狼狈得鼻涕眼泪一大把了。

王太太在边上看着这一幕，泪盈于睫。心房里生生地裂开一道口子，她却不觉得疼，她看到一束光打进来，把那道口子照得发烫。她知道心病要医好只有靠自己。

她看着笑得见牙不见眼的浩浩，狠狠下了决心。快乐是金钱买不来的，即使是美元。

Chapter 26

【素年锦时】

团圆这个词其实挺伤人的，尤其是对那些身处异乡的人。

独在异乡为异客，异乡人找谁去团圆？

平时还好，一人习惯了，对洋节也没什么感觉，最怕是什么中秋节、春节，凡是会说中文的人都说每逢佳节倍思亲，让人闹心。

Daniel 最怕团圆，他没人可团，也没人可圆。

春节里头，最怕除夕，团圆饭的冷清是 Daniel 每每要逃避的时刻。

唐人街的大小餐馆挂满了对联灯笼。望着满街的火红，Daniel 却只觉得冷清。对于过年，他始终没有太多的感觉。素年锦时，总是他内心最荒凉的时刻。

都说每逢佳节倍思亲，他都不知道该思念谁，他只知道今年的除夕，他满脑子想的是小虾。

"你说爱情像奋不顾身的海鸥，我喜欢这比喻，其实哪种爱不是呢？奋不顾身的代价就是遍体鳞伤，像我这种总怕创可贴不够的人，最好的选择就是绕道而行。"

独自走到街头，小虾的音容笑貌不停地在脑中梭巡。

此刻她在何处？

"Hi，小虾，明天除夕，王维说独在异乡为异客，每逢佳节倍思亲。说心里话，我不喜欢过节。听说这首诗是王维十七岁的时候写的，你说他小小年纪，怎么那么早慧？我像他这么大的时候，哪顾得上思乡啊，光顾着解决温饱问题了。"

他进了一家快餐店，打包了一盒饺子。

这就是他的年夜饭了。每年除夕，一盒快餐饺子是他的例行公事。

回到车上，寂寞的空气扑面而至。他落寞地看了看副驾，如果小虾在旁边，她会怎样？等她把自己的落魄尽收眼底时，她还会乖巧地叫一声教授吗？

车子缓缓发动，其实他无处可去。把着方向盘有些无措，又有些期待。好似小虾就在附近，随时能过来跟他聊聊天，随便聊什么他都期待。

"哎,从没听你说过家人?你现在难道不应该回家包饺子吗?"

Daniel 把车窗摇出一条缝隙,片刻真的有声音传来:

"我跟你们这些成功人士不同,你们家世好,学历高,做教授。我没有家人,唯一的亲人是我爸以前的女朋友。非要再生拉硬拽一个,就是你了。"

十年前,当姣爷跟着老爸义无反顾跑到澳门闯荡,内心那种巨大的孤独是无人可诉的。从校园直接进入赌场,这种环境的反差、心理的落差让她难以适应。除了老爸、凌姐、安仔,她不敢轻信任何人。甚至她都没有一个闺密,赌场上那些女人,她从来都是不齿与她们为伍的。

从小把她往赌场里一扔,老爸带给她的那些伤痛是她无法启齿的,她能去怪谁?老爸走后,凌姐成了她唯一的亲人,内心的空白与缺憾、孤独与伤痛,她都不想堆到凌姐身上。自己的苦,为什么要让别人替她尝?当远方这样一个教授出现时,好似她的这些空白和苦涩一下子就被人填满了。那些信就像是救命稻草一般,让她一点点释放心中的积郁。教授成了她的精神支柱,已牢牢地立在她心头。

小虾说着坐进了车里,一脸的俏皮。

Daniel 的面孔瞬间放晴,他轻拍了一下她的脑袋,兴奋道:

"明天就是除夕，一起过年，我请你！"

小虾露出孩子般的笑容，明媚地看着他，但笑不语。

如果接下来的那一秒能陷落到彼此的拥抱中，该是一个最完美的拥抱吧。Daniel 这样想着，毫不迟疑地将她揽入怀中……

以前老爸在的时候，年夜饭一定是要去凌姐家吃的。

每次凌姐都要做一桌子的美味，大快朵颐。

现在老爸不在了，年夜饭凌姐还是做得很用心。

姣爷看着她把红烧鱼端上桌，和安仔瞪着眼睛边看边流口水。

安仔在美国上大学，一年回来一趟，个子一趟比一趟高，现在已经超过姣爷一个头了。

一家人坐齐后，姣爷掏出了两个红包："大吉大利，大吉大利啊！"

凌姐却不接："你还没存多少，又来散财。"

姣爷没心没肺地笑笑："讨个彩头嘛。安仔，拿去勾女。"

安仔咧嘴一笑："哇，阿姣姐这么大方，我有旅费了。"

说到旅费，凌姐眉毛一挑："安仔，你要去哪儿啊？"

"跟你说过的嘛，四川喽，大熊猫义工。"安仔如实说。

凌姐急了："你的书不用念啦？！"

安仔撇嘴道："书什么时候都能念，大熊猫生 baby 很难碰到啊。"

凌姐气得把筷子一放："我这么辛苦供你念书，你居然要去当产婆！你要气死我吗？！"

安仔不服气："读书不就是为了做自己想做的事吗？"

"你想做的事难道不应该是让你老妈我过上好日子吗?!"凌姐气得头顶都快冒烟了。

姣爷看着这一对母子斗嘴,也不插话,只顾在边上偷笑。

凌姐恨铁不成钢地迁怒道:"你这个姐姐也不管管,就知道傻笑。你们两个谁都不让我省心!"

姣爷把红包塞到安仔手里:"老姐支持你!你的旅费。"

安仔开心地接过来。两人齐齐向凌姐做鬼脸。

凌姐无可奈何地摇摇头:"好啦,好啦,去吧,去干自己想做的事,别老了后悔……"

姣爷这才忙着去夹那条鱼:"我亲妈做的鱼就是好吃……"

凌姐绷不住地笑开来。又是一年了,一家人平平安安地坐在一起吃个年夜饭就是最好的福报了。她只希望安仔能顺顺利利把书读完,找个好工作;姣爷能找个好男人嫁了,她也就别无所求了。如果焦大在,也会这样盼的。

看着两个孩子抢着那条红烧鱼,凌姐的微笑从嘴角牵到眉梢,再到整张脸,笑得欢天喜地。

好久没看到凌姐这样笑了。姣爷把一大块鱼夹到她碗里:"我借花献佛喽——"

一家人笑作一团。

这是姣爷最盼望的年夜饭。哪怕一年只有一次,也已足够美好。

那一盒饺子,Daniel 坐在车里吃了个精光。

也不知是真饿了,还是因为年夜饭必吃饺子,赶上了。

Daniel 自言自语地边吃边跟小虾聊天,倒也没觉得冷清。

正要下车把餐盒扔掉，手机响了，他一激灵。一看来电显示竟然是奶奶，把手中的餐盒一扔，立刻接起来。

"大牛吧，今天除夕，你要没事过来吃饺子吧。"奶奶慈祥的声音传来。

Daniel 不可置信地张张嘴，握着手机半天没反应过来，再看一眼来电显示真的是奶奶。他惊喜道："好啊，可是爷爷他……"一想到爷爷失望的脸，他自己都不能原谅自己。做过亏心事的人就是这样，在坏事面前心虚，在好事面前更心虚。

奶奶立刻宽心道："就是爷爷让你过来的。"

"真的？"Daniel 的脸色突然一亮，绽放出光彩来，"好的好的，我马上到。"

二话不说，他放下电话便一路狂飙。这世上再没有比被人原谅更让人欢欣鼓舞的事了。

赶到爷爷家的时候，未见其人已闻其声，奶奶正在厨房煮饺子，爷爷在客厅捣鼓新买的电视，边弄边唠叨："这个破电视怎么回事，还没用就坏了？"

奶奶从厨房门口白他一眼："喊，捣鼓一天了连个影儿都没放出来。"

爷爷不耐烦道："你别管我，你的饺子煮好没？"

"好了，好了。"奶奶端着一盘上桌，"越老越没正形，吃饭还看电视，以前你教孙子那些礼你自己都忘了。"

爷爷已忙得满头是汗："就你话多，一会儿弄好了也不让你看。"

"我倒想看。我看你能放得出画面来。"

两人你一言我一语杠上了。Daniel 站在门口想笑又不敢笑，想进又不敢进，就这么站了一会儿，终于忍不住咳嗽了一声。

奶奶一见大牛立刻招呼他进屋。

Daniel 见到爷爷怯怯的，大气都不敢出，赶紧上前帮忙装电视。

爷爷一言不发，只在边上看他捣鼓。

10 分钟不到，屏幕上就放出影像来，Daniel 站起身，把遥控器递给爷爷，毕恭毕敬地说："好了，爷爷。"

爷爷这才开口道："哼，这东西跟人一样，就会欺负老人家！"

Daniel 知道这话里还带着气，他愧疚地底下头："对不起，爷爷。"

奶奶适时打岔道："大过年的，好了好了，要不是大牛，你儿子送你这电视还不就成摆设了。哎，这画面怎么重影啊？"

Daniel 赶忙解释："哦，奶奶，这是 3D 电视，需要戴眼镜看。"说着，赶紧从手边的袋子里取出 3D 眼镜递过去，"这是上次买的眼镜，您落在拉斯维加斯了，我今天带来了。"

奶奶从纸袋里拿出眼镜，语重心长道："这哪儿是我们落下的，是爷爷说不要带了。他说好孩子才能请来家里一块儿看电视。"

Daniel 惭愧地低下了头，他恨不能立刻找个地缝钻进去。

爷爷见他那样子，便说："老太婆，你叨叨个没完还吃不吃饭了！"

老太太嗔怪道："怎么又成我叨叨了，怎么都是你对，成了吧！来来来，大牛别站着，快过来坐，马上开饭了。"

Daniel 看看爷爷，再看看奶奶，像个做错事被家长原谅的孩子，一脸的拘谨。

三人齐齐坐到沙发上，刚坐下，电视屏幕上忽然一片雪花，各种电磁干扰。

"哎，这怎么回事？"爷爷、奶奶异口同声道。

随后画面上出现了类似太空站的东西，还有飘浮的物体。

Daniel 也犯了难，这个情况还真没碰到过。

正当三人疑惑着不知怎么办时，电视屏幕上忽然逐渐清晰，一个华人青年露出面孔来："爷爷奶奶春节好！"

爷爷奶奶都愣住了，奶奶这才认了出来："天啊！这不是咱泪来吗！我乖孙儿，你怎么在电视里啊！"

爷爷忙起身追到电视跟前，恨不得趴到电视上。

泪来这时用英语说："我在通过卫星传导给你们拜年。"

爷爷赶忙让 Daniel 翻译。

泪来拱手作揖道："恭喜发财！爷爷，奶奶，你们身体好吗？"

两位老人激动道："都好，都好。"

"爷爷听话没有开车吧？"泪来调皮地眼睛一转。

"没开——"爷爷也咧嘴笑了。

泪来笑道："我这里一切都好。爷爷奶奶，我想你们……"

看着这一家子温馨的一幕，Daniel 那张拘谨的脸一点点化开。

是啊，房子是房子，家是家。他这个成天跟房子打交道的人，从来没有感受过家的温暖。此时此刻，家就在眼前。

当奶奶把饺子端到他面前，当爷爷把第一个饺子夹到他碗里时，他第一次在美国感受到了家的美好。

以前那个"一朝辞此地，四海遂为家"的浪子第一次对家有了如此鲜明的渴望。

Chapter 27

【落叶归根 】

　　亲情这个东西很奇怪，放在自己身上时，完全没感觉；放在别人家里，立刻感动得心肠都软了。

　　年少时的阴影总会在他成年之后跑出来，躲也躲不过。他一会儿扮成仙人掌，一会儿扮成刺猬，给他一片绿叶，他恨不能变成一只小青虫。他太爱惜自己的羽毛，自我保护得过了头。自打到了美国后，他已经不会向人敞开心扉了。心门牢牢地锁着，任谁敲都不开。

　　他从不指望被人理解。关于理解，他总信奉一句话："要是所有人都理解你，你得普通成什么样啊！"他自命不凡的个性经常跑出来捣乱。对理解的无所谓，直接导致了对沟通的无所谓。

因为沟通是门艺术，他向来没有艺术细胞，他觉得艺术是门折磨人的科学。为此他总是绕道而行。平时沟通房子已经费尽唇舌了，再沟通情感，他都觉得阳气不足了。

就这么锁了二十年，连他自己都习惯了。钥匙都不知丢哪儿了，那扇门还怎么打得开？

二十年之后，遇到了小虾，他突然变得爱倾诉了，一天不写信说说自己，好似这天都过不下去了。

这个变化他自己都没弄明白，这是新添了毛病，还是年纪大了爱唠叨？

人老话多，树老根多，这算是自然规律吧？可他并不老，不过三十四岁年纪。

Daniel 郑重地伏在桌前，就像剥洋葱一样把自己剥开。

"我已经二十年不过春节了，十四岁到美国，就过着'茕茕孑立，形影相吊'的生活。"

头一次他不想再扮演教授。一直以来，在许多场合，他都不自觉地扮演了一些角色，或者讨好别人，或者讨好自己，他没有恶意，但这些角色却还是伤害了一些人。就像在爷爷奶奶面前，他的那些角色不被揭穿时，美好得就像今晚的月光。可当面具被撕下来的那天，背后的那点小野心恨不得人人唾弃。

一念之间，可能会成就许多事情，也会毁灭许多情感。今晚，一念之间，他想在姣爷面前把面具摘下，不管她能不能接受，他再也不想伪装了。

"我到了美国后，父母离婚又各自结婚，我就彻底成了孤家寡人。不久前我认识一个小男孩儿，看到他似乎就看见了二十年前的自己，想想，这大概也是我为什么会活成一棵仙人掌的原因吧。因为深爱太伤人，毫无保留地把心交出去，就害怕有一天得自己一个人疗伤。说到这儿，必须跟你坦白，我其实不是什么教授，我也不在英国，我只是洛杉矶一个小小不然的房地产经纪人。世界上有我或没我，不会有任何不同。不是诚心骗你，实在是怕说破了，就再也收不到你的来信。如果有机会，我会面对面跟你道歉。如果你想听，我会毫无保留地跟你讲我的故事……"

一字一句落下来，信纸上跃然而出一张稚嫩的脸。

十四岁的 Daniel 背着双肩背，拉着一个比自己还高的行李箱，就那么一步一步地走进机场。父母就在身后跟他招手告别，他怔怔地看着，眼泪不停地在眼眶打转。他不想走，不想去美国，只想留在父母身边做个任性的孩子。只是他不敢说，就这么强忍着，直至登上飞机，眼泪才稀里哗啦地流了一路……

农历三十，整个澳门张灯结彩，灯火辉煌。

姣爷静静地坐在海边，没有人打扰她，再热闹的澳门也总有一处平静的港湾。海风拂面，舒心惬意。

她环抱着自己，看着潮起潮落，永不厌倦。

想起小时候，老爸带着年少的阿姣去赶海，一个浪打来，两人瞬间变成了落汤鸡。好不容易抓到的螃蟹全让浪卷走了。没心没肺地笑了好久，两人谁也不服气，非要把到手的螃蟹全部抓回来……

后来老爸去了赌场，用赢来的钱买了一袋子螃蟹。

从那以后阿姣跟着老爸去赌场打工，慢慢地，老爸成了赌徒，阿姣成了姣爷。他们再不会笨到去海里抓蟹，有了钱，想买多少买多少。

只是钱并没有从老虎机里吐出来，反而是把老爸卷了进去，再也没有回来。

这些故事总会在姣爷一个人坐在海边的时候跑出来。她知道老爸想她了。她只是不知道如果教授知道了这些故事，还会愿意给她写一个字吗？

她摩挲着双肩，凉意袭来，她却并不想离开。

"真羡慕你，教授。你可以读书、做教授，成为自己理想中的人。我呢，活到今天都不知道想成为什么样的人。呵呵，是时候跟你坦白了，我不在伦敦中西二区，也从没去过英国，十五岁随我爸移居来了澳门，从此赌场就成了我的家。小虾这名字不算骗你，因为我就是一只在赌场里逃避人生的小虾。写到这儿我害怕了，怕你看不起我，不会再给我写信。你会吗？我还能收到你的来信吗？"

年夜饭吃到了很晚，Daniel 和爷爷冰释前嫌，爷俩儿痛快地聊了个底朝天。能得到爷爷的原谅，他就像获得了一次新生。善良的人终没有因为你的丑恶而抛弃你，他心存感恩，也加倍珍惜今晚在一起的日子。

当晚 Daniel 就睡在了爷爷家。

就像小时候，他跟爷爷玩累了，直接往小床上一躺，还没数到 10 下他就睡着了。爷爷总是伸着手指给他数着，他半闭半睁着一只眼偷看着。每次他都不记得爷爷是何时走的，第二天总追着奶奶问："爷爷昨晚数了吗?"

奶奶乐不可支，肯定地说："当然数了，第八下你就睡着了。"

他伸出小小的手，掰着指头一个个数到 8 下。

奶奶笑着笑着，却突然转了口气，不停地喊道："大牛，大牛，快醒醒!"

Daniel 迷迷瞪瞪的，这个奶奶怎么一下跟换了个人似的。

"大牛，大牛，快醒醒!"

Daniel 真的被推醒了。

一睁眼，竟是奶奶一张焦急的脸："大牛，快醒醒，你去看看爷爷怎么了? 他一句话不跟我说了……"

Daniel 浑身一凛，从床上一跃而起，顿时从梦中清醒过来。

忙不迭地冲到爷爷身边，一把抓住那只粗粗的大手，冰冰凉!

Daniel 慌了，不顾一切地大叫："爷爷，你醒醒，爷爷——"

爷爷平静地睡在那里，就像 Daniel 扶他上床躺下时一模一样。

……

"看到流星划过时，你要许个愿，那个愿望准能实现。"小时候爷爷带 Daniel 看星星，总会重复这一句。

Daniel 却一脸稚气地说："它为什么不在天上好好待着，非要掉下来，是因为它老了吗?"

爷爷点点头："老了走不动了，就从天上掉下来了。"

Daniel 瞪着黢黑的眼瞳："那它是死了吗?"

爷爷没有再说话。那是 Daniel 和爷爷的最后一次对话。

后来爷爷住进了医院，再也没有回来。

三十年后，Daniel 还在这片星空下，没有人再给他讲流星许愿的故事。

他仰望星空，一颗流星也没看到，他却还是要固执地许愿，为生命中的两个爷爷。

当骨灰盒交到奶奶手中的时候，奶奶的眼泪已经流干了。

Daniel 什么也不让她说，他全知道。爷爷临走的那一晚，他们聊了个底朝天的那晚，只有四个字：落叶归根。

Chapter 28

【君心似我心】

回国这事近几年 Daniel 都没想过。

回去看看亲人？亲人好像都不太想看他；看看好友？十四岁离开后，好友都把他忘了。亲朋好友都没得看了，回去干吗呢？

也别去给别人添乱了，买一盒饺子，万事大吉。

从十四岁到美国，他只在头几年回去过两次。第一次回去，父母大人都已再婚。母亲挺着大肚子忙着生宝宝；父亲也一样，围着刚怀孕的新婚妻子团团转，没人有工夫搭理他，连一家人聚在一起吃顿饭的时间都没有。

第二次回去，两个宝宝一个刚一岁，一个一岁多，正是最好玩的时候，也正是最忙碌的时候，他的存在真够多余，站哪儿都碍事。

那次之后他再也不想回北京了，从十四岁离开家之后，他就知道北京这个家已经离他越来越远了。

这一晃近二十年了。当他跟公司请好假，再订好了机票之后，他自己都没做好准备，难道就要回去了？

接下来的事 Daniel 不打算去想了，有些事想与不想它都在那里，想多了让自己纠结，倒也没啥必要。

为了奶奶，为了爷爷，这一趟他走得义无反顾。

真正踏上这片土地时，他却再不能平静了。

从机场到酒店，这一路还好，不痛不痒，照顾好奶奶，其他什么也不想。等第二天坐上小船，来到平静如镜的江面上，他眼眶潮湿了。

爷爷把根选在了这里——我住长江头，君住长江尾。日日思君不见君，共饮长江水。此水几时休？此恨何时已？只愿君心似我心，定不负相思意。

Daniel 从心底吟出来，他知道爷爷能听得到。

奶奶捧着骨灰盒，面上平静如水。

一叶小船静静地荡起一圈圈涟漪，水波无声，眼泪无痕。

行至水中央，奶奶缓缓解开抱在怀里的布袋子，小心地抱出骨灰盒。Daniel 一丝不苟地看着，神圣而庄严。

看了看盒子上爷爷的头像，奶奶终于把那句一直压在心底的话说了出来："老头子，咱们回家了……"说完，她轻轻打开盖子，灰白的骨灰慢慢地倒进了江水里。

Daniel 忍不住别过头去。他咬着嘴唇，生生把眼泪吞了进去。

"我和你爷爷 1947 年成的亲，他当时是县里的教书先生。1948 年从宜昌隆茂洋行码头坐船去了上海，然后去了美国。我们成亲的时候就在这儿，只是现在他已经在水底下了。"奶奶自顾自地低语。

Daniel 不住地点头，眼泪就这么不听话地漾了一脸。

当金佛寺的钟声敲响的时候，Daniel 定到一处的眼神才转回来。他用手擦了一把脸，强撑着。

奶奶虔诚地跪拜，一遍又一遍，Daniel 忍不住上前扶起她。大和尚在一边合掌作揖，面带慈悲。Daniel 行完礼便扶着奶奶走出了大殿。

缓缓地拾阶而下，犹豫着 Daniel 还是说了："奶奶，婚礼上爷爷还说要和您一起把名字刻在墓碑上，现在恐怕没这个机会了。"

奶奶面容沉静道："你爷爷一辈子念叨'去家千里兮，生无所归而死无以为坟'。他给我讲过这句，说这是苏东坡写屈原的。我知道他的心意，回家了，碑立不立、立在哪里都不重要了。"

Daniel 点点头，"去家千里兮，生无所归而死无以为坟"，是的，这是爷爷的意愿，他了然于心。

找了一个石凳坐下来，Daniel 拿出水杯递过去。这些天，奶奶一直在强撑着，他生怕爷爷的心愿一了，奶奶会绷不住。

奶奶喝了一口水，从包里取出一个文件交给 Daniel。

Daniel 疑惑地打开，竟然是一份卖房合同。他赫然看到奶奶歪歪扭扭的签字——"林童秀懿"。

Daniel 愣怔住，刚要开口，奶奶面带羞涩地说："我的字写得丑。你爷爷学问好，可惜到了美国就忙着讨生活没时间念书了。我不识字，他老说教我念可一直没有空。养大四个儿女，又带孙子，等真有空了，你爷爷也走了……"说着眼圈又红了，"他也不是一个字没教过我，这四个字就是他教的，没想到，还有用得上的这一天。"

Daniel 的眼圈也红了，他强忍着说："奶奶，您是说，您要把房子卖给我？"

奶奶认真地点点头："你爷爷一直舍不得卖，是觉得卖了就离孩子们越来越远了。原来是父母在不远游，现在是儿女在父母不远游啊。大牛，谢谢你一片好心，陪你爷爷和我回来……"

Daniel 听不下去了，狠狠揩去腮边的泪。为了这一天他曾经百般设计，现在奶奶把房子送到面前，却怎么也不敢接了。

"奶奶，这房子您不能卖，我还得带您回美国。"Daniel 哽咽着说。

奶奶顿了顿说："我想先在这儿住一段，七十来年没回家了。"说着努力笑了一下，"大牛啊，房子别拆了就好。那房子风水好，旺子孙。我和你爷爷希望你以后也能多子多福，个个都出息……这房子价钱你看着来，奶奶不多要，够养老就行……"

Daniel 再也听不下去了，一把抱住了奶奶失声痛哭。

从小到大，他从未哭得如此伤心过。

他对不起爷爷奶奶，为了这房子，他要得两个老人团团转，又是旅游又是成亲，一个场景接一个场景地演戏。演到最后，爷爷人都不在了，房子却还要交到他手上。凭什么？就凭他们善良到连坏人也能原谅？可他不能原谅自己！

这些年他从没考虑过别人，他想的全是自己，自己挣钱，自己享受，所有的错都是别人的。想跟他结婚的是错，Alice、Maggie 是错；把自己抛弃在美国，连亲生父母都是错……

他不是浑蛋是什么?!

他再不能这样浑浑噩噩地活下去，有太多的误会他要去解开，有太多的人他要去面对，有太多的事他要去做!

Chapter 29

【爱是永不止息】

　　男人跟女人最大的差别就在于：女人逮着一个人就能敞开心扉、掏心掏肺地说自己最私密的事；男人即使跟他最亲密的人也不愿意多曝一句隐私。

　　男人宁肯把心事烂在肚子里，也不愿意没完没了地诉衷肠。

　　女人宁肯找个陌生人把心里的郁闷发泄出来，也不愿意就这么烂在肚子里发霉。

　　女人管这个叫"话疗"，心里的苦闷不发泄出来，身体会积郁成疾的。

　　女人通常比男人活得长，不知道是否就拜"话疗"所赐。

　　男人对此特不屑，那些垃圾、八卦一点儿营养都没有，有什么好聊的？令他们最不能理解的，女人连自己老公"啪啦啪啦"的事都能津津乐道地交流心得，简直是变态啊！

男人不喜欢"话疗"，只喜欢吹牛。吹牛这事还有点建设意义。尤其是在生意场上，你要是不吹个牛，人家凭什么信任你、仰慕你。

Daniel 也喜欢吹牛，卖房子的时候吹吹牛，这房子总能卖得快一点。时间久了，吹牛变成了一种定式思维，也没人说这事不好。

比如他把自己吹牛成教授，完全是随口即来的事，都没走脑子。吹了一年多了，也没人拆穿他。一直吹下去，也不是不可行。只是他突然不想吹了，云里雾里绕绕绕，他自己都烦了。靠吹牛活着的人生，他已经厌倦了。尤其是在小虾面前，他再也不想演戏了。

爷爷走了，奶奶把房子留给他了，什么好处都让他这个爱吹牛、爱演戏的人得了，他这是走的什么狗屎运？他甚至连镜子都不敢照了，一看那张脸，完全是一副小人得志的嘴脸。他心里有愧疚、有尴尬，他无法坦然。

把心里的那扇门打开后，把面具摘下来之后，把压在身上这么多年的重担卸下来之后，他就像做了一次全身推拿，从头到脚都轻松了。

接下来的事他开始干着急了。

小虾能接受这个身份转变吗？一个小小不言的房地产经纪人，世界上有我或没我，不会有任何不同。这样的身份又怎么能跟教授相提并论？

撒谎容易圆谎难，他这是在玩过山车啊，从最高处一落千丈滑到最低谷，这得具备相当的心理承受力。小虾能承受得住吗？

"小虾，一直没收到你的回信，很惦念。是因为我原来撒谎，所以你不理我了吗？"

Daniel 坐在长途车上，任凭身体被颠簸得摇摇晃晃。跟奶奶分别后，他有太多的事要做。这其间他打过无数电话回公司，都说没有信。他惦念着小虾，尤其在最悲痛、最受挫的时候，这种思念更甚。

卫斯理每天进公司的头一件事就是替他查信，每次回答都是千篇一律一个 NO。Daniel 心里空落落的，他真的担心，坦承了真实身份后，那些信再也不会来了。

"最近我经历了很多事，有很多话想说。也许你已经不记得，你的第一封信里让我'从哪儿来回哪儿去'，我现在就在按你说的做。"

Daniel 沉默地看着窗外，许久小虾的声音都没有来。

这一次，好似真的失联了。

从长途汽车上下来，Daniel 直接打了辆车奔向机场，下一站别无选择——北京。

"快二十年没回家了，一直觉得是家人对不起我，其实一家人又怎么分谁对不起谁呢？"

小虾的声音还是没有来。

Daniel 落寞地走进机舱，小虾的声音还是没有来。

他拿着纸笔，忧心如焚。他还能再次幸运地被原谅吗？

"小虾，你在哪里？你在哪里？我想见你，想跟你亲口解释，能给我一次机会吗？"

商务舱里一对母子正在窃窃私语，时不时会心一笑。那表情是 Daniel 从来不会有的。实话说，他对父母的印象已经疏淡到了如同消色到照片。

在美国的日子，跟父母的联系基本靠暂短的电话，而内容更简单到"你们还好吗？我也还好。"现在有了微信了，更方便了，只是这种联系只是汇报，不是聊天，更不是窃窃私语。

"各位乘客，您所乘坐的班机马上开始降落，飞机将在 20 分钟后抵达北京国际机场……"

广播突然从空中传来，回忆戛然而止。

从飞机上下来，Daniel 的心跳开始加速。

走向大厅的那段路如履薄冰，每一步都不敢往下踩，除了忐忑还是忐忑。

二十年的陌生感充斥在每一丝空气里，连呼吸都不能流畅。

跟奶奶告别后，他跟父母分别通了电话，只简单说了到北京的时间，说得淡淡的，电话那头却是欢快的，他听得出那是想念。只是不知真的面对面，这种想念是否也会因太长时间的不见面而变得陌生疏离。

推着行李箱一步步走向那个出口，Daniel 环顾四周，满眼的陌生人。

不知是太久没回来他觉得陌生，还是因为太陌生而变得不自在，他浑身紧绷着，他甚至没想好下一步是该先去母亲家，还是父亲家。

以前，小时候他回国的时候都是先去母亲家，后来他见到母亲新找的那个男人之后，他就不想再迈进那个家了。那个家他待了十四年，早已习惯了父亲的味道，突然换了一个陌生男主人，他觉得不自在。尤其是母亲有了下一个孩子后，他更不想再进这个家了。

父亲再婚后搬出了这个家。父亲的新家他也去过，很大，很新，只是他还是不自在，那不像他的家，那是阿姨的家。他第一次怯怯地冲那个女人喊一声"阿姨"的时候，那声音连他自己都没听清。他不喜欢叫，不情愿叫。那次惹得一堆人都不高兴，都嫌这孩子不够礼貌。Daniel 赌气，他偷偷发誓再也不回来受这个窝囊气。

满脑子都是过去的鸡毛蒜皮，二十年过去了，这点事竟然一件不落地还留在他脑袋里。他也奇怪，明明老师说他记忆力不好的，怎么偏偏不该记住的事他竟刻骨铭心。

突然有个声音把他叫住了，那声音不知从哪儿偷袭而来，吓了他一跳。

"大牛，大牛——"

他愣愣地转了一圈，还是没有找到。

在这里怎么可能还会碰到熟人？难道是以前找他买房子的人也回国撞上了？

正思忖着，人群中赫然走过来两个人。Daniel 怔愣住，是他们，没错，只是一个头发花白了一大片；一个脸上的皱纹条条清晰。容貌，在岁月面前如此不堪一击。

"大牛，你可回来了——"

母亲激动地将他一把抱住，这一抱，什么话也说不出来了，鼻子、胸口酸得不行，接着泪就下来了，收都收不住。

Daniel 不好意思地回抱了母亲，艰难地喊了一句："妈——"

父亲也走过来，一把握住了 Daniel 的手。快二十年没有握这双手了，手心全是汗。

"爸——"叫完这一声，Daniel 再也控制不住地抱住了父亲母亲。

两位老人热泪盈眶，看着自己的儿子眨眼变成了一个俊朗青年，心里五味杂陈，是的，他们缺席了他的成长。

三个人终于抱在了一起。这个久违的拥抱一等就是二十年！也许一个人要经历生命中无数突如其来的繁华和苍凉之后，才会变得成熟。

Daniel 深深地陷落在这个绵长温暖的拥抱里。那一刻他才能体会：心若计较，处处是抱怨；心若放宽，时时都是晴天。

人生本来就是一个人的旅程，谁也不能替你走一遭。这一程，总有人到来，总有人离开，而只有亲情随时随地都等在那里，在你疲惫的时候默默陪伴与守候。

爱是恒久忍耐，又有恩慈。爱是不嫉妒，爱是不自夸，不张狂，不做害羞的事，不求自己的益处，不轻易发怒，不计算人的恶，不喜欢不义，只喜欢真理；凡事包容，凡事相信，凡事盼望，凡事忍耐。

爱是永不止息。

Chapter 30

【相隔万里莫逆于心】

"男女之间的美好，就在于彼此的相互牵挂。"

跟教授失联的日子，姣爷才能深刻地体会这句话。

那封坦白身世的信一寄出，她便后悔不迭。也许她和教授的缘分就葬送在这封信里。她的不太美好的身世，经得起诉说吗？

她一个灰姑娘，连双水晶鞋都没弄到，还好意思跟教授坦白身世，至少等到教授对她有了好感之后再坦白也不迟啊。为什么那么心急火燎地自焚？

徘徊在邮局门口，她手足无措。

再次把头探进那个窗口询问，Michael 叔冲她摇摇头——没有信，没有信，没有信！永远就是一个答案。

看着阿姣日日疯狂地跑来邮局问信，Michael 不问也看得出来，这个姑娘恋爱了。除了爱，没有其他会让人这么魂不守舍，这么进退失据。从来没见过阿姣这副样子，那么黯然神伤，让人揪心。

姣爷盯着那个立在街角的邮筒发呆。会不会是邮筒出了问题？以前她总是随手把信往邮筒里一丢。后来跟教授失联了，她才责怪起邮筒。

这几天她都是直接把信交给柜台，这样更安全些，也会走得更快一些吧。她边走边祈祷，那样子就是一个失恋少女。

神情萧索地走回凌姐家，到了楼下还不忘再翻一遍信箱。又是一阵失望！

"喂，你失联啦！"

她狠狠拍了拍信箱，气得拿它撒气。

凌姐知道姣爷最近一定有了问题？以前她是最讨厌书的，整天嚷嚷输钱都是这些书闹的，现在手里成天捧着本书，那书都快被她翻烂了。更要命的还是本英文书，她看得明白吗？

同样失了魂的还不止姣爷一个，那个她称为"教授"的人也疯了。

公司的电话都快被他打爆了——没有信，没有信，就是没有信！到后来卫斯理都懒得接他电话了。

夜里，趴在小旅馆的台灯下，Daniel 彻夜难眠：

"小虾，还是没你消息，或者是你终于觉得和我通信是一件很可笑的事？还是你出了什么事？一切都好吗？哪怕你不想再理我也没关系，但给我一个音讯好吗?"

窗外漆黑一片，没有人给他任何回应。

这一天，他总要去面对，这样的结果他早已预想了不止一遍。明明心理都做好不被原谅的准备，可真的这天来了，还是不愿接受。

那些洋溢着温暖、调皮、雀跃和柔情的信再也不会来了吗?

"教授，是因为我之前骗了你，所以你认定我不值得你再联系了，对吗? 女孩子撒撒谎很正常的嘛，请你不要介意。还是……因为……在你眼中我就是个彻头彻尾的失败者……"

姣爷躺在床上辗转反侧，索性不睡了，把窗户打开，放出一屋子的闷气。多想推开一扇窗的刹那，就在窗外遇见一个能懂我一切的你。只要一个你，就足以傲视所有的孤独。

不知何时，握在掌心的信笺，看到教授的字体—— 一个个散发出淡淡温暖的问询抑或是放荡不羁的调侃，还有并不高深但却直戳内心的道理，她都爱不释手。所有的信一扎一扎地用绸带捆住，整齐地码在箱子底部，等待某个日后的开启，又是一次愉悦的心灵之旅。那些信甚至可以偷偷压在枕下，随时在想念的时刻再次翻阅，那种回味跳跃在唇齿之间，调和出欲罢不能的想望。

教授的信填满了一个又一个空虚的夜。有了那些信，自己仿佛变成了一朵受宠的花，即使在这样孤寂的夜亦仍有温暖驻留在心田。

Daniel 捧着那本中文版的《查令十字街 84 号》，双眉紧锁，打开中文版的序言，依旧有段摄人魂魄的文字——

"致力消弭空间、时间的距离纯属不智亦无益。就在那些自以为省下来的时空缝隙里，美好的事物大量流失。我指的不仅仅是亲笔书写时遗下的手泽无法取代；更重要的是：一旦交流变得太有效率，不再需要翘首引颈、两两相望，某些情意也将因而迅速贬值而不被察觉。我喜欢因不能立即传达而必须沉静耐心，句句寻思、字字落笔的过程；亦珍惜读着对方的前一封信、想着几日后对方读信时的景状和情绪……"

就这几句话已足以表达了他的心声。是的，他喜欢因不能立即传达而必须沉静耐心，句句寻思、字字落笔的过程；亦珍惜读着小虾的前一封信、想着几日后她读信时的景状和情绪……只是小虾的信一直没有来，她的景状、她的情绪完全没了踪迹。

"刚刚又重读了一遍书，想从书里找你的味道和痕迹。从来没有这种感觉，小虾，告诉你一件很不好的事，我，可能喜欢上你啦。原来说不见面那些话我都想作废，我想知道你住在伦敦中西二区哪里，告诉我好吗？"

以前从没想过跟小虾见面，他记得钱钟书说过一句话："如果你觉得一枚鸡蛋好吃，干吗非要认识那只下蛋的鸡呢。"以前他确实是这么想的，小虾有她的自己的生活，何必去打扰？可是最近他的想法变了，他不想像弗兰克那样至死也没能跟海莲见上一面。

　　都说"不想获得，是最殊胜的获得"。然而此刻 Daniel 只笃信："生命中所需要的就是彼此给予和得到。"他不满足于书面上的情感交流和给予，他想得到一段真实的记忆，哪怕只有一面他也会好好珍藏。

　　茫茫人海，每一个人都是一座孤岛。哪怕这一辈子只遇到一个知己，也是让你不觉得孤独的理由。漂泊了大半生，他突然想找个人安顿下来——脑子里浮现出这个想法时，他自己都觉得神经了。

　　姣爷比 Daniel 还要神经，捧着本英文版的《查令十字街84号》，她靠英汉字典读了七七八八。相隔万里的两人，痴痴地摩挲着那本书，都想把对方从书里拽出来。

　　"教授，你的每一封信我都重读了上百遍了！你到底去了哪里？或者这一年多的通信只是你骗女孩儿的小把戏？是不是中西二区的哪个女学生现在爱上了你？但是，但是，没有你的信，我整个生活好像失去了指望。从来没有哪一段生活想要重过，因为每一段都有很多很多不开心，但是我现在多想回到第一次收到你信的那天。"

　　姣爷边写边哭，身边已堆满了大大小小的信。

　　哭到累了再写，写到累了再哭，疯子一般。

　　写完了她想说的话，她把自己蜷成一团，孤独地躺在信中间。

好久没有为某个人失眠了。姣爷睁大眼睛直愣愣地看着天花板，上一次失眠是为那个邓先生吧？那段回忆她恨不能即刻就抹去。她愿意回忆的日子只肯与教授有关。每个人都在寻找灵魂伴侣，找到了却又不能朝夕相处，这是何等的遗憾。

一直折腾到凌晨，姣爷才迷迷瞪瞪地昏睡过去，手里依旧紧攥着教授的信。

凌姐早晨起来，透过门缝细细看那张沾满泪渍的脸，一阵心疼。她轻轻走过去，瞥了一眼姣爷手中的信，无奈地摇了摇头，这孩子恐怕是真的恋爱了。最近这段只见她疯了似的往邮局跑，魂不守舍。难得她能遇到一个喜欢的男人，凌姐反而替她高兴起来。多少回劝她找个差不多的男人嫁了，总好过天天在赌场混着。她就是心气高，什么男人也看不上，如今真能有她心仪的男人出现，这当然是好事。看这字迹，应该是个有学问的男人。如果焦大知道了，想必也会跟她一样开心吧。想到这儿，凌姐欣慰地给姣爷盖上被子。

第二天，姣爷又骑着摩托车去了邮局，没想到这次她车还没停稳，Michael 叔就已经在喊她了："阿姣，有你的信！"

姣爷一个趔趄，兴奋得差点连人带车翻过去。

把摩托车往邮局门口一横，姣爷一把抓过信，火急火燎地拆开来。没想到下一秒失望就接踵而至。这封信并不是来自教授的，而是安仔从成都寄来的。只见他开心地抱着大熊猫 Baby，正给它喂奶，笑得眼睛眯成一条线。照片背后还写了一行字："阿姣姐，看！我做到了！"

姣爷握着照片，长长地呼出一口气。失望归失望，她还是替安仔高兴，至少他实现了自己小小的愿望。而姣爷的愿望呢？仅是一封信而已，却那么难收到。

怀揣着那本馨香满心的英文版小书《查令十字街84号》，姣爷迷茫突兀地立在人群中。好一会儿，她才回过神来，她一下子找到了方向。

跑遍了澳门大大小小的图书馆，她终于千辛万苦地找到了《查令十字街84号》的中文版，姣爷如饥似渴地读起来。

"查令十字街"，是伦敦无与伦比的旧书店一条街，是全世界爱书人的圣地。《查令十字街84号》是一本神奇的小书，是一叠悠悠20载的书信集。

一本书，一个书店，一段书缘情缘，一段无法尘封的岁月传奇。书信的一端，叫海莲·汉芙，是一个酣畅淋漓、穷困潦倒的性情女人，是一个与世隔绝、嗜书成命的纽约编剧；书信的另一端，叫弗兰克·德尔，是一个矜持稳重的书店经理，是一个为海莲海寻旧书20载的谦谦君子、英伦绅士。如果你以为这是一个山盟海誓的爱情故事，那么你错了，这本书里有的只是书的香气、书的爱恋、书的情缘。所以这本书被称为"爱书人的圣经"。

1949年10月，一次偶然的机会海莲在一则广告上发现了伦敦查令十字街84号有一家专门经营古旧书籍的小店，叫作"马克斯与科恩"书店，于是写信前往索购自己想要的旧书。没想到书店经理弗兰克很快回信，并且寄去了一些她订购的书籍。就这样，海莲有幸于茫茫人海中跨越千山万水，找到了她的心灵捕手——查令十字街84号旧书店的经理弗兰克，从此两人开始了长达二十年的书信情缘。

　　最初两人的书信内容也不过是买卖海莲钟爱的英国文学书籍。尺牍往来，都是些漫不经心的事情。不久由于战后的英国物资短缺，穷困潦倒、自身难保的海莲为了报答弗兰克的热情相助，慷慨地从美国给弗兰克的书店寄去了大量的生活物品，从鸡蛋到火腿，到各种各样的礼物，邮寄的不仅仅是这些现在看来微不足道的东西，更是一份难得的书信情缘。

　　投桃报李，弗兰克也给海莲寄去了圣诞礼物——手工刺绣的爱尔兰桌布。从来没有看过那么漂亮的桌布，她回信感慨："我打心里头认为这实在是一桩挺不划算的圣诞礼物交换。我寄给你们的东西，你们顶多一个星期就吃光抹净，根本休想指望还能留着过年；而你们送我的礼物，却能和我朝夕相处、至死方休；我甚至还能将它遗爱人间而含笑以终。"

　　就这样，一封封信件，还有各种食品、礼物在大西洋两岸快活地传递着。每当海莲收到好书她会高兴得不得了；收到烂书她会横眉怒眼；太久没有收到书时，她会隔着大西洋大叫一声："喂，弗兰克，你这大懒虫，你在干什么呢？快起身给我找书去！"

　　海莲这个"稍乏才华"的编剧，虽然她的境况从来都没有如意过，但在信里依旧妙趣横生，执着而乐观。想必弗兰克也被她文字后面嬉笑怒骂的真性情而打动了吧。有一次，她告诉弗兰克："我要一本情诗集，不要济慈或雪莱，请寄给我一本不太煽情的情诗集。你自己挑选吧，要一本小开本的，可以放入裤兜中带到中央公园去。"为什么她心血来潮要看情诗集呢，仅仅只是因为"春天到来了"。

　　谦和善良的弗兰克总是那么稳重周到、温雅古板，他细致回复海莲的每一封信，兢兢业业地寻求她要的每一本书。他们之间的距离，不再是伦敦到纽约的距离，而是书与书之间的距离。相知无远近，天涯若为邻。日子一天天过去，书信成为他们平静流淌的生活中无时不在的旁白。慢慢地，他们从谈书到谈生活，有了像亲人一般的情感。

一辈子没走过好运的海莲小姐，做梦都想着去查令十字街84号的那家书店转转，看一眼也好啊，看看那些书，还有……那些可爱的店员，当然还有她的弗兰克。弗兰克曾几次邀请，他甚至说过，橡原巷37号有两间卧室可以任她挑选的。可海莲总去不了，她住的是"白蚁丛生、摇摇欲坠、白天不供应暖气的老公寓"，口袋里永远没有足够的钱。

有一次好不容易快凑齐旅费的时候，居然让该死的牙医给赚去了！她百般懊恼地在信里抱怨："我不得不陪着我的牙，而我的牙医带着娇妻度蜜月去了，他的全部费用都是我出的……"她调侃，"伊丽莎白只能在她缺席的情况下加冕了"，而此后的几年，她都得留在纽约"看着她的牙齿一颗颗地加冕了"。

"英国式骄矜"的弗兰克立即回信说，他们在享用海莲的食物时，只能"全体同人举杯恭祝海莲和女王陛下都凤体康泰"了。那一次他们险些见上面，最终还是败给了旅费。二十年的时光，便在买书卖书一来一往中慢悠悠地过去了。

他们二十年间缘悭一面，相隔万里莫逆于心。海莲忽一日收到来信，却是带来了弗兰克的死讯。一封绝望的信件，宣告了这个"一生之愿"永无可能再实现……此情可待成追忆，只是当时已惘然。海莲曾把弗兰克称作"唯一了解我的人"，连弗兰克的妻子都称他们之间有"如此相通的幽默感"，他"曾那么喜爱读她的来信"，两人却至死没能相见。即使结局如此遗憾，过程却是如此丰满，那是绵延二十年的情谊与快乐。这情感，天涯相系，隐而未发，也只是欢喜而已，任何和爱有关的语言，都从未曾见他们写于笔端。

海莲多想去看望这位最熟悉的陌生人，盼着有一天轻轻敲开书店的那扇门，然后跟大家说："Hi，我就是海莲。"这是怎样美丽而感人的场景啊，然而却永远都只能成为幻影了。

多年后，那个曾经孑然一身穷居一隅的女作家已经是个小有名气的剧作家了，她终于有了足够的旅费去伦敦。那个古旧的混杂着霉味儿和长年积尘的气息的"马克斯与科恩"书店她终于见到了，而那个时候，弗兰克早已经去世了，书店也已经关门。故地虽在，斯人已逝，海莲站在门口怆然泪下……她笑着对空荡荡的书店说："我来了，弗兰克，我终于来了……"

姣爷看到这里唏嘘不已，泪眼婆娑。

海莲和弗兰克之间二十年的情感，算是爱情吗？

"当爱情以另外一种方式展现铺陈时，也并非被撕去，而是翻译成了一种更好的语言。上帝派来的那几个译者，名叫机缘，名叫责任，名叫蕴藉，名叫沉默。还有一位，名叫怀恋。"

也许这份感情的美好都在这"怀恋"二字上吧。这样的感情比起那些山盟海誓更叫人动容。

掩卷良久，姣爷一直在想，弗兰克走后的这些年，海莲又上哪儿去寻找那些她喜欢的书呢？你知道，她读书的口味那么古怪，还大声地宣告过："我从不买没读过的书。"当她在图书馆读到合胃口的书，她会不会伤心欲绝呢？因为她再也不能随手写封信说："喂，弗兰克，快去给我找这样一本书，里边可不能少了第七章第三节，不然我可不收！"

　　弗兰克走后，海莲在书中凄怆地说："如果你们恰好路过查令十字街 84 号，请代我献上一吻，我亏欠它太多……"

　　看着这些承载二十年情分的书信，姣爷只觉得时光慢慢凝固了，一个人慢慢唱、另一个人慢慢和的平淡生活，因为这些文字的记录，日子变得生动而充满情趣。查令十字街 84 号也成为海莲和所有爱书人忧伤感怀的记忆。

　　心绪难平地合上书，教授已化身成姣爷心中的弗兰克。这一生能有幸遇到一个弗兰克，已是上天最好的恩赐，夫复何求？

　　那些馨香满心的信，她以为自己不过是在挥霍着一点兴趣和时间，最后才知早已被它掳走了全部的感情……

Chapter 31

【千百次的错过，终换来一见钟情】

"茫茫人海，你在哪里？走多远才能来到你身边？执子之手，与子携老，即使与你千百次的错过，也希望能换取与你的一见钟情。"

姣爷默默地祈祷，每天怅怅落空，柔柔牵挂。

她记得张爱玲写过："于千万人之中遇见你所遇见的人，于千万年之中，时间的无涯的荒野里，没有早一步，也没有晚一步，刚巧赶上了，那也没有别的话可说，唯有轻轻地问一句：'哦，你也在这里吗？'"

这个场景她太过入迷。她多想在某个不经意的瞬间，他们并肩而立，蓦然回首，她拍拍教授的肩头，轻问一句："噢，原来你也在这里？”

　　情到浓处，喜极而泣，四目交错，深情相拥……她一遍遍勾勒他们见面的样子，心心念念地等待这一天。

　　再次打开那本《查令十字街84号》，教授的音容笑貌已跃然纸上。

　　海莲与弗兰克暗生情愫，二十年情缘念念不忘，牵挂该是从未有断过，可终究未能见上一面。这样的遗憾滋味，姣爷不想饱尝，哪怕真的见面，大失所望，也好过这样天天对着邮筒望洋兴叹。她要见的是一个真实的可以朝夕相处的教授，而不是纸上谈兵，只能靠想象度日的完美偶像。

　　想象出来的微笑再完美也会瞬间即逝，画饼充饥的日子才不是她想要的。

　　　“教授，你说海莲要是当年在拉斯维加斯赢一把，可能早有可能来伦敦见 Frank 了。我现在拿着这笔钱来了！”

　　合上《查令十字街84号》这本书，姣爷做了一件疯狂的小事。

　　查令十字街84号——这个全世界爱书人的圣地，如今早没有了以往的书香满溢。“马克斯与科恩”书店已悄然改装成了一家普通的咖啡馆。

　　只是今天的咖啡馆有点特别，门口摆满了鲜花，几张海报和招贴画尤为打眼，“纪念《查令十字街84号》作者海莲诞辰一百周年”那一行字醒目地提醒着街上的每一个过客。

Daniel 驻足门外愣愣地看着海报，关于这本书在自己身上发生的一切都那么玄妙又不足向外人道，他怀揣着这份美好推门而入。

咖啡馆里已闻不到古书的陈旧气味，墙壁和地板散发出来的木头香、混杂着霉味儿和长年积尘的气息也被淡淡的咖啡香取代。原本那个"活脱脱从狄更斯的小说里蹦出来的书店"再无踪迹可寻。店里异常的冷清，好似快打烊的样子，唯一让人觉得热闹的就是正对着他的那面墙——整面墙都是书架，上面摆着密密麻麻的各种字典以及大大小小的盒子，每个盒子上都标着一对名字。

Daniel 觉得费解。这些字典、这些盒子又和这家咖啡馆有何关联？他好像真的进了一家书店，而不是咖啡馆。

这时，一个地产经纪人带着几个客户从后面厨房绕出来。他看到 Daniel 意外的表情便友善地问："你需要什么帮助吗？"

Daniel 随口问："你是老板？"

经纪人摇摇头："我不是。店里的老板前几天去世了，他没有继承人，我正在帮这家店寻找新主人。"

Daniel 一惊："去世了？你知道他是什么人吗？我的意思是说，这家店里为什么有这么多的字典，还有那些小盒子？"

"Thomas 先生是一位非常受人尊敬的老板。你知道，每年世界各地的读者都会把信寄到这里来，Thomas 先生会把信认真地分拣。因为语言复杂，每封信他都要借助字典查清楚内容。他会把相同文字的两封信交换，再给他们各自寄出去，这样就会有更多的人因为《查令十字街 84 号》这本书而相识。这是项非常伟大的工作，许多陌生人因为 Thomas 先生而相遇相知，很令人感动。对了，他的葬礼今天举行，你要去吗？我可以告诉你地址。"

原来他和小虾的相遇相知竟也是因为 Thomas 先生，Daniel 激动地记下地址，毫不迟疑地飞奔出去。

一本书，一个地址，牵出多少美好的故事。Daniel 回身再望向这间咖啡馆，海莲的那句话犹在耳边："如果你们恰好路过查令十字街 84 号，请代我献上一吻，我亏欠它太多……"

眼中蒙起淡淡的水雾，心里却因充盈着期待而又加快了脚步。

庄重肃穆的英式葬礼正进行得一丝不苟。不同肤色、不同年龄、不同国家的人聚在一起，彼此却没有任何距离地站在一起，他们井然有序地轮流发言——

"我也是读了这本书之后写信到这个地址，和你们大家一样，没想到很快收到回信。我完全没期待能收到回信，我开始只是写着玩——后来我才知道一切都是 Thomes 先生的主意，我要感谢他，让我交到人生最重要的一个朋友——我认识了我的爱人……"

"Thomas 先生让我找到了生命中最重要的灵魂伴侣……我后来才知道，他当时在南极……我们见面才知道一直是 Thomas 先生在为我们转交信件。如果没有他，我们不可能有缘分遇到——我们非常感动，更感谢他！他有颗糖果般的心……"

人群中的姣爷全然听不懂他们在说什么，她时不时环顾左右，期待又不安的脸在人群中梭巡。要见到教授的预感越来越强烈，强烈到她的心时刻不能平静。可茫茫人潮，究竟哪个是教授呢？

一位律师走上了台前，他展信念道："我必须向你们忏悔并请求饶恕，因为我偷偷分享了你们的快乐。我一辈子坐在这里，是你们的信让我看见了全世界。按着同一种语言，本可以直接互寄来信，但是我害怕那样就再也收不到你们的信了。你们的信让我回到了我年轻时候，那时没有可以一秒到达的 E–mail，等一封信，有时漫长得如同一生。但是慢一点又有什么不可以呢？慢一点才能写出优雅浪漫的话语，慢一点，才能仔细寻觅盼望的爱情……如果没有 Thomas 先生，我今天不可能站在这里见到大家……"

许多人暗自抹去眼泪，许多情侣情不自禁地拥抱在一起。大家都把心中对 Thomas 先生的崇敬和感谢说了出来。从书与书之间的距离到人与人之间的距离，Thomas 先生将大家对《查令十字街84号》的喜爱交错时空地串联在一起。多少美好的故事因他而起，多少美丽的情缘因他而生……说到动情之处，大家个个热泪盈眶，心怀感激。

当 Daniel 赶到现场的时候，葬礼已经结束。

大家七七八八地往外走。姣爷还在不停地寻找，她的教授就像捉迷藏似的躲着她。她焦急地追上一位亚洲长相的男子，用中文问："请问你是——"

亚洲男子疑惑地看着她，张口却用韩语说："对不起，我不会说中文——"

姣爷遗憾而尴尬地用英语说："哦，Sorry，我认错人了……"

人群慢慢地散开，全是陌生的面孔，姣爷黯然神伤，或许教授根本就没有来，即使来了，他们又能认得出彼此吗？她自己都觉得荒唐。

Daniel 急急忙忙地赶到墓地，Thomas 先生的棺木已经下葬。

众人都已散去，只留下一些鲜花和卡片静静地摆在墓碑旁边。Daniel 屏气凝神地望着，为自己没赶上葬礼而遗憾。

就在那么一个不经意的瞬间，他竟一眼瞥到了卡片上的两个字：小虾。

他眼皮灼灼地一跳，拿起卡片仔细反复地看，是她，是小虾，她一定来了！

握着卡片，Daniel 疯了似的四下寻找，可究竟哪个才是小虾的面孔？

他后悔通信这么长时间，他至少应该跟她要一张照片。现在即使她迎面走过，他都会白白地错失。如果逮一个中国女人就问，这概率得千分之几啊？

他泄气地捶打着自己，疲态毕露，双肩无力地垮下来。

伦敦的街头车水马龙，姣爷落寞地走在黄昏的微光里，那双空洞无神的眼睛透出淡淡的绝望。已经寻找一整天了，一无所获。

"教授，不知道能去哪里找你了，原来还想伦敦这么多学校，我一家一家地跑遍总能碰到你，但是现在看来，你可能在世界上任何一个角落，根本不一定在伦敦。"

本想做一件为爱痴狂的小事，结果爱没寻着，人快要疯掉了。

一整天没吃什么东西，胃痛开始加剧，姣爷疲惫地靠在伦敦桥上，脸上泛起令人崩溃的痛楚。

"教授，想想，你就这么从我生命中消失了，心里真的好疼好疼……"

眼泪不争气地掉下来，自己笨到连个电话也没要，现在即使报警也找不到人啊。她拼命捂着肚子，一脸的不甘心，难道就这样一无所获地回家？

一夜未眠，Daniel 前半夜想的是报警和寻人启事，觉得可行性甚微。后半夜开始转换思路，或许可以借助媒体、电视节目？他在网上搜索了半天信息，终想到了一个办法。

这个办法有多少成效他先不管，试了总比不试强。第二天一大早，他就风风火火地直奔 2016 年 moto gp 伦敦赛区比赛现场。

他当然不是来看比赛的，他只知道这个比赛收视率高，而且是现场直播。

一辆辆摩托车飞驰而过，现场大屏幕正在用慢镜头回放。画面切回主持人，开始直播。主持人语速飞快地介绍比赛进程和选手情况。正说得激情四射时，只见 Daniel 突然冲进画面里，举着一块大牌子，上面写着："小虾，我是教授，我在伦敦，你在哪里？"嘴里不停地用中文大喊："小虾，我在伦敦，你在哪里，我是教授——"

还没喊完，几个警察火速冲过来把他拉走了。Daniel 边拉扯着边喊"小虾——我是教授——"

那歇斯底里的声音，引起阵阵哄笑。现场所有观众都把他当成了神经病。

电视画面直播出来，就连酒店的前台小姐都在耻笑这个疯子。

姣爷正在结账，看着前台这两个金发姑娘笑得那么开心，更显得她郁郁寡欢。她连眼皮都没抬，直接结账。

前台小姐看到姣爷生冷的表情，便止住笑说："送您去机场的出租车已经到了。"

姣爷说了声 Thanks，便匆匆离开了前台。她无路可去了，只能打道回府。

电视里，Daniel 已被警察拉出了画面，他处心积虑想到的办法——他举着的那块牌子、被人当疯子赶出去的画面，可惜姣爷一眼也没瞥到。

此刻的姣爷万念俱灰，当时是抱着"原来你也在这里"的信念来的，结果疯狂地跑遍了伦敦，哪儿想到会扑了个空。她一直想象那个场景——他们并肩站在查令十字街 84 号，忽一对望，相视一笑，默契地认出彼此……

哪儿想到会是现在这样，举目无亲，流浪街头。

坐在出租车里，姣爷越想越不对味，越想越不甘心，难道就这样失望而归，好不容易攒到的旅费，就这样付诸东流了？

"教授，你能跟我谈谈什么是爱吗？"

"收到你的信了，小虾，谈爱，实在不是我长项，因为深爱太伤人了。现在从摸手到上床一蹴而就，爱既然可以做了，谁还去谈呢？实不相瞒，我对你就有过点儿想法……"

"你说爱情像奋不顾身的海鸥，我喜欢这比喻，其实哪种爱不是呢？奋不顾身的代价就是遍体鳞伤，像我这种总怕创可贴不够的人最好的选择就是绕道而行。"

"Hi，小虾，明天除夕，王维说独在异乡为异客，每逢佳节倍思亲。说心里话，我不喜欢过节。听说这首诗是王维十七岁的时候写的，你说他小小年纪，怎么那么早慧？我像他这么大的时候，哪顾得上思乡啊，光顾着解决温饱问题了。"

"我跟你们这些成功人士不同，你们家世好，学历高，做教授。我没有家人，唯一的亲人是我爸以前的女朋友。非要再生拉硬拽一个，就是你了。"

"我到了美国后，父母离婚又各自结婚，我就彻底成了孤家寡人。不久前我认识一个小男孩儿，看他似乎就看见了二十年前的自己，想想，这大概也是我为什么会活成一棵仙人掌的原因，因为深爱太伤人，毫无保留地把心放出去，就害怕有一天得自己一个人疗伤。说到这儿，必须跟你坦白，我其实不是什么教授，我也不在英国，我只是洛杉矶一个小小不言的房地产经纪人。世界上有我或没我，不会有任何不同。不是诚心骗你，实在是怕说破了，就再也收不到你的来信。如果有机会，我会面对面跟你道歉。如果你想听，我会毫无保留地跟讲我的故事……"

"真羡慕你，教授。你可以读书、做教授，成为自己理想中的人。我呢，活到今天都不知道想成为什么样的人。呵呵，是时候跟你坦白了，我不在伦敦中西二区，也从没去过英国，十五岁随我爸移居来了澳门，从此赌场就成了我的家。小虾这名字不算骗你，因为我就是一只在赌场里逃避人生的小虾。写到这儿我害怕了，怕你看不起我，不会再给我写信。你会吗？我还能收到你的来信吗？"

……

"教授，重读你来信，让我才觉得夜没有那么长。我从来没有哪段日子想要重过，因为回头想想没有哪一段开心，但是我现在多么想日子能从收到你的第一封信那天重新开始。教授，你说海莲和弗兰克写了二十年的信，我们这才哪儿到哪儿啊——可是，可是，为什么，我就再也收不到你都来信了呢……"

……

曾经的只言片语从四面八方蹿生出来。她多想此刻也学着海莲的口气冲他大叫一声："喂，教授，你这个大懒虫，你在干什么呢？快起身出来见我！"

一股濒死的凄怆在内心辗转，想了想，她终于拍了拍司机的肩膀，笃定地说道："对不起，请掉个头……"

出租车在一个十字路口转弯。姣爷心里默念：不能就这样走了，绝不能！她不想重复海莲的遗憾。悠悠半生，知己难求，遇到了，她不想再错过。

"教授，这是我给你写的最后一封信了，我知道这封信你可能永远都收不到了，但是就算我给咱们俩通信这一年多的一个交代吧。"

查令十字街 84 号——姣爷让司机把车停在了这里。

古旧的书店早已荡然无存，改头换面的咖啡馆也已显出破旧痕迹。

这就是海莲魂牵梦萦的"马克斯与科恩"书店。她轻轻推门而入，店里空空荡荡，只有两个工人在打包东西。Thomas 先生已经不在了，查令十字街 84 号下一位主人又会是谁呢？

姣爷深深吸了一口空气里残存的咖啡香，她好似听到了海莲的声音——她笑着对空荡荡的书店说："我来了，弗兰克，我终于来了。"

接着心里那个声音也跑出来："我来了，教授，我终于来了。"

只是四壁清冷，无人应答。

她拿出写给教授的最后一封信，心情沮丧而绝望。一年多的惺惺相惜、温暖情愫就这样戛然而止了吗？

信筒孤零零地立在墙角，她步履沉重地走过去。每一步如刀刀锋，都像在与教授挥手告别。一年的书信情缘轻触即回，以后的日子恐怕连怅惘都没有机会登场了。

一直坐在角落里愁眉苦脸的 Daniel 终于注意到一个陌生女人向他走来——那是个面色柔和的姑娘，眼底有淡淡的忧伤，但那双眼睛又灵气迫人，尤其和人对视的时候，有一丝慌张不安，又有些让人疼惜。

坐在角落里的 Daniel 霍然起身，这个女人令他一阵恍惚，无法忽视。

那一瞬间里，他们同时看到了彼此。姣爷愣怔住——那是张儒雅又有些书卷气的脸，稍稍的不修边幅，但眉宇间又透着一股英气。

这似曾想识的面庞、英气慑人的气质，令她的心脏狂跳不已。

Daniel 认真地看着姣爷，凝视良久，胸口好似被什么人揪住了，动弹不得。

姣爷故作镇定地抚了一下头发，用英语客气地说："对不起，先生，我想把这封信留在这里，或者留在这个信筒里，可以吗?"

Daniel 接过姣爷手里的信，一眼看到信封上赫然写着"教授"二字，还有她澳门的地址。他如遭雷击般呆住了，这个熟悉到不能再熟悉的名字，还有那不算漂亮却隽永秀气的字体都已刻入他脑中。Daniel 抬起头再看向她的那一瞬，泪盈于睫，怆然不已。他痴痴地望着这个朝思暮想的身影，目光再也无法移开。

姣爷被这含泪的目光吓到。

面前的这个男人，已让她紧张到四肢僵硬。那个冥冥中早已相识的感觉又来了，可她不敢认，她怕在这目光匆匆交汇的一分钟里再次认错。就这么杵在那里，一动不动。

酸涩渐渐漫上眼睑，泪夺眶而出，Daniel 终于嗫嚅道："你这封信是写给我的，小虾——"

那一刹那，时空交错，神魂俱动，姣爷惊呆了，面前的这个面色忧郁、眼中噙泪的男人竟然真的是她日有所思、夜有所梦的教授!

电光火石间，泪喷涌而出。是他，那张儒雅又有些书卷气的脸，既陌生又熟悉，还有他说话的声音跟她想象中如出一辙，还有他刚刚投过来的含泪的微笑……都如此摄人心魄。

姣爷不知所措地站在她心仪的教授面前，手脚已完全不听使唤，灵魂出窍，一颗心早已从胸膛中跃出。

Daniel 轻轻拉住了姣爷的手，那一握泪来得更汹涌了。

就这么握了好一会儿，Daniel 的面孔缓缓放晴，他轻轻胡噜了一下姣爷的脑袋，柔声道："Hi，小虾——"

姣爷终于露出孩子般的笑容，明媚地看着他，但笑不语。

如果接下来的那一秒能陷落到彼此的拥抱中，该是一个最完美的拥抱吧。Daniel 这样想着，便毫不迟疑地将她揽入怀中……